诗　集

从老牛湾出发

刘景侠　著

山东文艺出版社

图书在版编目（CIP）数据

从老牛湾出发 / 刘景侠著. —济南：山东文艺出
版社，2022.7

ISBN 978-7-5329-6675-2

Ⅰ. ①从… Ⅱ. ①刘… Ⅲ. ①诗集—中国—当
代 Ⅳ. ①I227.3

中国版本图书馆CIP数据核字（2022）第108504号

从老牛湾出发

CONG LAONIUWAN CHUFA

刘景侠　著

主管单位	山东出版传媒股份有限公司	
出版发行	山东文艺出版社	
社　　址	山东省济南市英雄山路189号	
邮　　编	250002	
网　　址	www.sdwypress.com	

读者服务	0531-82098776（总编室）
	0531-82098775（市场营销部）
电子邮箱	sdwy@sdpress.com.cn

印　　刷	山东新华印务有限公司
开　　本	889毫米×1194毫米　1/32
印　　张	9.5
字　　数	120千
版　　次	2022年7月第1版
印　　次	2022年7月第1次印刷
书　　号	ISBN 978-7-5329-6675-2
定　　价	56.00元

目　录

从老牛湾出发

1

坐在岸边，

不，在河中央。

我在观赏，

我在做着梦，

我在逼着自己臆想，

逼着自己幻化不朽。

都不对，

我在哭，

不叫哭，

我在比哭还像哭一样地哭喊。

我奔腾向前，

我在这里变窄变深，

我在怨恨洮河！

为什么让我变得混浊？

不要滋生怨懑，

没有对你负责的人，

也不必怨恨洮河！

也许，

它并不知道自己是洮河！

2

你从对面的峡谷壁上走下来。

你可以鞭笞我，

不可以鄙视我。

"……"

"我心已决，

我一定要去干那件事！"

"……"

"一切没什么大不了，

我打定了主意，

一切都不是什么人的专利！"

"……"

"不是！

不是！

跟德行无关！

跟私欲无关！

只想借她的脑袋用一下，

让我的金翅簪，

戴在她的发髻上！"

我听不懂你的笑声，

你，

无论你是谁，

我的高祖，

也不必鄙视我，

我准备忘记你，

我并不害怕你的鄙视！

我自己，也不再准备鄙视我自己！

3

夜幕刚刚降临的时候，月亮把朦胧的月影投在
南侧谷壁上的时候，

我就准备寻一帘幽梦。

我想先在梦中会一会那美女的禀赋。

尤其想看一看她的长发的稀稠，

看挽起后的发髻能不能，

能不能戴上我那金灿灿的翅簪？

如果有魅力，

如果不可自禁，

摸一摸她的身体……

其实，

太有意了，

太具体太切近了，

没有入梦，

一切都没有入梦来。

4

在中国的九寨沟，

一小片，一大片的水域，

粉的，蓝的，绿的，黄的……

什么长海、熊猫海之类的水域，

都被称为"海子"。

在北方，

把一些天然晕成的水称作"泡子"。

而那座山底下，

那大大小小的水泡子、

海子，

称为什么？

很多，很多，

没日没夜地从地底下往上冒。

这数百个泉眼，

带着地母的纯真和热情，

没日没夜地往上喷涌，

往前后左右浸渍……

我受到了纯真的吸引，

我没有听到声音的召唤。

春情为我催眠，

是想出来的，

是瞥见的，

还是幻化出来的？

只觉得，无数青蛙以不规则阵列在那儿赛跑。

不要胡说乱说，

炎炎夏日才十几度的温度，

我错了。

不是青蛙，

是睡莲的叶子，

在那里滋生春梦。

应该是我错了……

月亮只好来蒙我的眼睛，

我强行关闭心灵的大门，

不让眼睛来欺骗我。

但是，

眼睛的贪婪，

让我出了一身冷汗，

一条，

两条，

三条，

无数条。

无数条眼镜蛇昂着头，

用它们的好身材在沼泽一般的泥泞中编着花阵，

向东南方，

向着月亮升起的方向眨眼睛——媚眼，

不，不是媚眼，
眨着让人浑身生鸡皮疙瘩又无法回避的漂亮的
眼睛……
数不清的泉眼同时自下而上喷涌出来，
清冽的水自上而下朝着东面唱着歌流淌。
我想关闭我的眼睛，
但我管不住我和你一样的贪婪，
我还是向着那有泉水往外涌的地方，
有蛇出没的地方看。
你看，
水草萋萋。
有一位美丽的姑娘，
在水一方，
在水一方……
我不可能闭上眼睛，
老实话说，
我无法闭上眼睛。

5

不知是我对诗缺少了激情，
还是诗对我缺少了激情，
我不认识了月亮。
盘坐在老牛湾，
本想对着那面谷壁，

问问我的高祖：

"你有什么指点？"

可我分明看见她刚刚逝去，

在河上漂泊。

四肢自然伸展，

又紧密相连。

刹那间，四肢向不同的方向分离，

中间只剩下肚腹。

应该是，

她死了。

下午，初见时，

她还光彩照人，

对我摆出高贵的头脸。

6

我没有机会，

或者说，

或者说没有可能。

我的自尊心突然露面，

有什么必要，

又玩高贵？

我的金翅簪没能戴上她的发髻。

出门时，

尴尬留在了她的眼里。

现在，

我下定决心，

把她的并不为故作高深的一份傲慢脸相，

忘怀。

忘得一干二净！

在这叫老牛湾的地方，

藏在神秘里，

洗净卑微。

可她为什么又出现在我的面前？

确实，

我要忘掉曾经发生的相见！

在骨髓里洗净曾经见过她的痕迹。

可她为何在月亮底下现身，

而且演绎生死相？

不必为她作解释，

不必说她没有那么下作，

不必说她故意摆权贵的姿态。

她也不必以这种方式向我解释，

她本是质朴，本是高贵，本是有人性的。

算了，

将发生的忘却。

也许，

她为明天保留了一份脸相，

为我难过……

7

今日，你也在蹒跚徜徉，

你也是满脸凄怆抑郁吗？

我剽窃了一个伟大的人的词句，

但我无法剽窃他的墓志铭，

"血红的月亮是他的墓志铭。"

我注目那片海子，

从数百个泡子，

从几乎是泥沼的地方，

滚动出来的一片清冽的水，

确为清冽，

确为纯洁。

我终于明白，

你为何有那么白皙的一张脸？

你的眼睛为何吓走了眼镜蛇？

你的眼睛是美的，

我不该漠视！

世界上，

竟存在着很多漠视美的人！

那么多构想，

那么多盼望，

都是虚妄之举。

虽然，

我和所有的人都一样，

都要进阴曹地府，

但我却不肯停止。

向源头一望，

那白皙的脸，

那动人的眼镜蛇，

那不曾被染的清冽……

8

我睡得很沉。

他走进我的梦中。

他问我：

"你为何到这个地方？"

其实，

我无意流落于此。

也许，远古的神明指示我，

让我在这个荒凉而神秘的地方，

让我想起点什么，

见到点什么。

"那你见到什么了？"

高祖这样问我。

我叹了一口气说："我见到了和我事先想到的

一样的事，

不过，我几乎按着我准备好的办法，

决绝地做到了底。

我一点也没后悔。"

"那你为什么要流落于此？"

我好像知道又说不清楚。

我对他说："既然来了就来了，不是又遇见你了

吗？"

他笑了笑，

他欲言又止。

他抛过一张兽皮，

我翻身醒来时，

身底下是一张狼皮。

还是一种幻觉？

水声将我惊醒，

清冽的水入身入体穿肠而过，

还有眼镜蛇围观。

只是，

九寨沟的海子，

还有坡上的绚烂，

还有黄龙山上，

寺庙前那棵满是黄叶子的闪着光的树，

让我不知道什么是恐怖。

9

从前，因为崇拜，

我粉饰美化了关于你的传说。

现在，你总是不离我的左右，

就连胡须的摆动，

都异常真实。

也许，那是为了护佑。

我无意流落于此，

可我确实流落于此。

在黎明前的寒冷中，

我看到了如盘踞草原的溪水一般的流淌，

水畔不但有绿草，

还有很多散落的小花，

灿烂着。

那份宁静托起来的梦，

被春熙路的少女主宰着。

虽四度入川，

却没有邂逅美女。

应该说，

访问三代时光，

一切都还存在于臆想之中。

只有怨抑那不合时宜的洮河，

把水搅浑搅黄，

两岸吃黄水长大的人，

皮肤少了白皙……

我忍不住去听凛冽的声音，

忍不住朝眼镜蛇的方向凝望，

它们脚下溢出来的是清冽的泉水，

有个美女在水一方。

高祖，

也许，

我是为了这个，

流落于此。

这里，

尽管荒凉，

可是，梦没有荒凉。

没有了梦，

我不知该怎么忍受呼吸时的荒凉。

10

不懂，

一切都没弄懂。

你把没有棋子的棋盘摆到滩头。

棋牌上，楚汉交界处有一张纸条，
纸条上，写着"一文不值"几个字。
你的爱变成了规劝，
你劝我离开此地，
至于那金翅簪有没有戴上她的发髻，
一文不值。
暗酒色的光下，
是她刚刚逝去的样子，
四肢依然与肚腹相连……
她的生命没有消失。
我耳边响起清澈的声音，
眼镜蛇昂首组阵。
那比滚滚而出的清澈还清澈的美女，
在水一方，
为了那份寻觅，
我不会鄙视自己，
任何一丝鄙视的目光，
日后，我都会为此感到羞愧。

11

我在老牛湾两岸寻找，
两岸是参差的群山，
初看倒像鱼鳞一般，

——鳞次栉比，

这个词合适。

在一段颓废的古墙边，

有一堆迷茫惨淡的灰烬，

什么人在这儿烧过野物。

这里有人烟。

寻到一位木匠，不必有鲁班的技术，

也别奢望遇上米开朗琪罗，

我想碰到会抡斧头会作曲子的弹琴人。

希望他们帮衬着鲁班，

在河面上建一座藏梦阁，

有点像天堂，

天堂什么样？图书馆的模样，

——博尔赫斯在里面，

看他踽踽踟蹰。

别，

不，

摆脱得好，

逃逸得好！

如果这两岸有从泸沽湖地区来的工匠，

我宁愿找上一个，

让他多造几所花房，

里面住着十三四岁，

十五六岁的姑娘。

我准备好喂狗的肉，
也有锋利的匕首，
多找几个阿夏 ①，
多闯几个花房。
去寻阿注婚，
争取成为结交阿夏最多的汉子。

峡谷谷壁崩裂之声，
没见到襟前美胡须，
只听到遥远处壶口的隆响。
水一头跌下去，
又升腾出来时发出的混浊也深厚的声响。
这位高祖，
我已不那么崇拜你了，
可我无法把你的声音当耳旁风……
当然，
我依旧在两岸寻找。

12

在这阴森的夜晚，
不知道是听到的还是看到的，
我听到有人在吟诵：

---

① 纳西族语，指女朋友。

"神明手中有一只明亮的蜡烛。"

这是一句几经翻译的诗，

无意寻找出处。

只是觉得这蜡光照耀之下是一张明亮姣好的面
　　庞。

我用心灵，

我以我最纯洁瞬息变化的一隅，

去查考甚至想去吻吻那张脸。

脸破了，身形也不完整，

她的四肢远离肚腹。

向前漂泊，

眼睛虽然闪烁，

但不是看我。

她是明朝的一位公主，

崇祯皇帝眷爱她，

在李自成攻陷城池的可怕的时空之内，

崇祯亲手杀死了她……

这位父亲，

如此地眷爱女儿，

让女儿永远是公主，

压根不认识屈辱和卑微。

我才想起，

要把我的金翅簪戴上她的发髻。

没有人敢说我狂妄，

为了打造这只金翅簪，
我耗尽了几代人的资财。

神明手中的蜡烛越来越明亮。
我看不清那只手，
在蜡烛的光影里走。
走得慢，
走得悠然。
我不知道我将看到什么，
我更无法相信公主住在窑洞里。
烛光依然明亮，
神明进了窑洞，
他都说了什么？
我无法知道，
烛光变成了酒色。
两面的谷壁发出一片崩裂之声，
高祖是否现身，
我想都没想，
眼睛和心都在前面的窑洞前，
但愿神明手中的蜡烛永远明亮。

13
眼镜蛇组阵围在窑洞前，

把源头的清冽铺在水的上面。

它们要干什么?

不是受崇祯皇帝之托,

为公主免遭劫难。

我的右手伸向空中想去借神明手中的那支蜡烛,

去为公主守夜。

有时候,

天真会让人生出一种眼镜蛇般的魅力,

以为自己拥有特殊的打动人的地方。

为何流落于此?

无法认知到真理的层次,

说自己已达到了无知的境界,

竟想去神明手上抢过蜡烛,

去庇佑公主,

去大声宣布:

请戴上我的金翅簪,

让缪斯认出"艺术的恒久"。

有时候,

人会选择在伟大的时刻做梦,

请问,

我是在"拂晓的左手还在天空的时候做了一个
梦"?

拖着一条没有进化好的尾巴,

趁目光迷乱之时,

来寻祖，

来做梦。

整一百年时光，

活成了一个儿童。

眼镜蛇从泥潭里携来滚滚清冽，

在水上铺水，

弄邪弄妖？

不是，

都不是。

为了明代公主的一份贞纯？

14

把神明手上的蜡烛放在案头，

忘了晨昏。

写信，

写一封信吧！

没有称呼，

一时想不起称谓。

正文的第一句：

每一个人都应该首先爱自己！

第二句：

每一天都让自己愉悦！

第三句：

我大声疾呼，什么人在什么情况下可以违逆本
　性……
我是举着神明手上的蜡烛站在北岸的，
往下看，
谷壁陡立，
直面。
壁面上晕黑朦胧的像浮缀着陈旧苔藓的状貌，
眨眼间，幻出漓江推出的奔马的图形……
我闭起眼睛，
假想，
水是微绿的，
漂动着的是我坐过的竹筏，
前面不远处的船舱上，
我的情人正在凭窗远眺。
我跳了下去。
……

没有跳上轮船，
没有跳到竹筏上，
也没有在水面上与眼镜蛇为伍。
我看见飘向谷壁的背影：
——恒久的背影，
——恒久的高祖，
——恒久的艺术。

15

多少次，

想到漓江上漂流的竹筏。

我想把竹筏，或者叫竹排平移到这河面上，

美是恒久的，

可是，

漓江的竹排在这里会被翻到泥浪之下，

请溯流而上，

去寻找做羊皮筏子的人，

跟那些做了几代羊皮筏子的人虚心学习，

从两千年的做羊皮筏子的历史中，

或许得到什么第一手材料，

比终生的飘忽有些益处。

确切地说，

我此刻的状态，

已不是漂流，

也不是"漂泊"，

而是"飘泊"。

又是高祖用双臂接住了我，

免遭鱼腹之灾。

那日夜忽聚忽散的她，

始终在河面上漂流，现在，

她在我的下面漂，

我在她的上面飘。

我看到了她的眼神与昨日不同，

不论她需不需要，

我已收回了金翅簪。

也许，

还有几分永远不说出去的庆幸。

也许，

不该得到恩泽的时候得到那玩意儿，

会污了金翅簪！

16

我一直想生活在一个很美的地方，

路程已经不远了。

数百条的支脉，

始终流着，

并不为什么意义，

虽然总有"汇聚""汇集"这些词语等在前头。

或许，

它们也在"寻找跟星星之间的关联"，

它们还很年轻，

却不无知，

不腐朽的肉体上承载着智慧。

应该结束漂流漂泊，

去寻那成形不成形的支岔水脉，

去采摘蜿蜒的图画岸边上的鲜花，

因为被滋养，

又不名贵。

高祖明白，

都因为自己认为手里有根金翅簪，

心中有个挑选美人的准则。

以为那两朵越过明月的红玫瑰能点燃最后的
　　爱恋。

我和有的人一样，

一辈子忠于自己的想象。

应该是为了美吧！

17

梦中，

进了一间咖啡馆。

我想在梦中与那位不凡的人宁静一回。

我那高祖眼里不揉沙子，

他说你来这里是寻诗的。

来这里，

流落于此，

为了寻一句诗。
就着夕阳还绽出"色彩鲜艳的绿色孔雀",
碰碰运气。
不必垂死挣扎,
只有神明光顾才行。
高祖端坐面前,
呷了一口白桃乌龙茶,
轻轻地深呼吸一回,
过了好半天,才说:
"既然不肯离开此地,
那就仔细查访,
有一处窑洞,
不是你见的那一处窑洞,
跟公主没关系,
压根就跟眼镜蛇扯不上关系。
当然,
一切不必过于执着,
苦心孤诣,
往往事与愿违。
看看你的福德。"
几句话,
点燃了我的欲念,
我不顾矜持,
刚想起身相问窑洞的事,

高祖的宽肩白髯已在咖啡馆的乐声中飘荡而
　去…
清澈的水，
哗哗地流淌，
再一次弹奏起寻找的旋律。

18

流落此地，
不仅为寻诗，
不是在赶入睡之前的几里路程。

我在做什么？
不知谁能够说清，
高祖，
几次三番，
你这是在做什么？
我从没想说清。
我说不清。
我抬起了头，
什么也没有看清。
只知道有人把这里叫作老牛湾，
对面的谷壁是一幅画，
高祖潜在画里。

人间的虚荣浮华在不在那里？

现在的我不再感到有什么神秘。

这里好寂静啊！

这是座寂静的坟吗？

我躺下来，

可是心中汹涌，

画卷在夜空中展现。

听一个叫切斯特顿的人说：

"天边有一片比世界还大的云。"

看不见，

看不见壮阔夜色升空。

躺在寂静的坟里，

得宁静，

得心灵自由。

不知声音从何处来，

不知如何把这声音消弭在黑暗里。

天亮时，

我要起身，

离开此地，

告别高祖，

去一个叫东营^①的地方，

去参加一次葬礼，

同时搭建一座洞房。

_____

① 山东东营。

为我妈妈送行，
为我母亲致新婚贺词……

19

我力图讲一个动听的故事，
首先给我自己听，
然后给很多我亲近的人听，
给那些很可爱的孩子们听。
我流落于此，
依然没有讲出一个像样的故事。
这是一个有故事的地方，
旷久？
辽远？
高祖也无法说清。
奢望？
淫志？
无论如何，我讲不出一个像样的故事。
无论如何，不肯把最不值钱的词语，
当作时髦的帽子装饰在自己的头上。
其实，一钱不值，
其实，什么也没看明白，
消弭不了汹涌，
停止不了澎湃，

那是没办法不跟浅薄邂逅。

奔流的自由，

被吞噬，

注入大海，

重生，

所谓恒久……

20

天上没有星，

空中繁星闪烁。

没有抒出一个名字。

我只有去见你，

你已然出现。

我跪在河面上，

给你烧纸钱。

有好多的话，

一股脑儿地涌出来，

不知说哪句才好。

突然间，

我想对高祖说：

"我可以回答你了，我为何流落于此。"

这是一条母亲河。

母亲嘴角挂着微笑，

“都这样。”

她挥了挥手，

我升腾起来，

随她去，

随她走。

她一遍遍地说：

“都一样，都没用。”

她往下瞥了一眼，

看着那一片奔流的黄色，

“浑浑噩噩，

追求的，就是这个……”

我不觉得她荒谬。

她更不喜欢扯什么哲学问题。

我倒想问问她要带我到哪里去。

她已经坐在玛曲① 湿地。

她烫过头发，

盘了发髻。

她是我的母亲，

好像比我年龄还小。

她确是我的母亲，

眼神藏匿着爱抚和不可违逆，

明明还在。

她为我套上大红的 T 恤，

_____

① 位于黄河第一弯曲处，邻接青海、四川两省。

举起手机为母子两个自拍。

我哭了，

一个劲儿地背过脸去，

让风，擦去眼泪。

我已经明白，

母亲在领我玩耍，

治我的愚顽之疾……

21

"贫穷，贫穷出身，你明白吗？"

"……"

对于高祖的话，认同而无语。

没有反驳，

没有流泪。

"对于我们的姓氏，

她有贡献。"

"……"

只有聆听。

美善，无成见，她看不见她眼前的一切，

智慧让她成了富贵人家的媳妇，

自带了风水……

高祖的话音犹在耳。

我被裹在眼镜蛇行阵里，

对着那个被封死的窑洞出神。

明朝的那位被父亲亲手杀死的公主还在里面?

其实,

我能说明白,

我想娶公主。

这么多年,

绕了九曲十八弯,

发展壮大,

敞开心胸吸纳,

想娶的还是公主,

高贵,

纯洁,

——滚动的那片清澈,清冽,

不带泥沙的清冽。

空中传来的笑声很放肆,

"霸道!"

母亲的笑声是那样地放肆,

那样地不留痕迹。

笑声滔滔东去,

天化细雨,

一只纤细的手伸向茫茫雾海,

抖下来,

抖下一件洁白的 T 恤,

轰鸣,

窑洞的门壁坍塌，

眼镜蛇重新卧在那数以百计的泡子里。

窑洞里翩然移动着一只白纱裙的袖子，

没有眼神，

没有面庞，

只有纱裙，

只有纤细的手。

公主？

母亲？

寻得很苦，

盼得很苦。

22

河北面的最高的一段谷壁，

靠上端卧着一口石棺。

无论土茬的色泽还是棺木的状痕以及视觉的感

　应，

都在告诉我，

是刚放置上去的新棺。

土葬，

火葬，

现如今，都没有这种葬法了。

里面装殓的是谁？

你的情人吗?

不,

应该是我的情人——

公主。

此刻,

我在老牛湾,

北岸,

石棺的上面,

谷壁的上端。

吓坏了的我,

泪如雨下。

哭声,

很大,

很多。

我转回身,

见里三层外三层的人围着灵棚,

正在哭灵……

"谁死了?"

有人问。

不,

从他们和她们的哭诉中知道,

是我死了。

原来我死了。

说是,

我被眼镜蛇拖到了泥沼地，

我母亲说，我进窑洞就没再出来，

也许是被崇祯的神奇的无形的剑刺死了，

为了他女儿的纯真！

我高声呐喊：

"我在这儿，

我没有死！"

"死就死，

没死就没死！

早晚也得死，

你想不死就不死，

其实你不会死，

万物不会死！"

谁在喧哗？

只有我在喊叫吗？

"见鬼了！"

"炸尸了！"

"疯子！"

"鬼！"

一些有头没手的人，

却七手八脚地把疯子、把鬼捉拿了，又一次装殓，

我死了？

我躺进了石棺。

23

我听到了我自己的笑声，

在石棺里，

终于很开心，

很开心地笑。

高祖站在外面，

站在石棺的外面。

确定，

他在听我笑。

我为什么笑？

高祖从此不再懂我。

该笑的时候，自然会笑出来，

死了以后还笑不出来，

那不是做过人的人，

那是个没心的木头人。

我终于会笑了，

做人真好……

24

隐隐地，

听到鼓乐之声。

不像迎亲，

更不像祭丧之音。

音声缥缈，

渐飘渐远，

突然又近了起来。

谁在祭江？

难道是孙尚香？

祭江，也祭我吗？

祭我何来？

《祭江》声浓玉隐① 远，

饰冠影淡斯人近。

"如今不容儿祭奠，

怎不叫人珠泪涟。"

我听得入迷，

不知是岸边哭灵之声，

还是《祭江》的唱腔设计？

忽的一下坐起，

摸着头上撞出来的包块，

不觉疼痛，

猛地吼了一腔：

"空负了，

空负了，

一往情深……

① 京剧表演艺术家张君秋的字。

空负了呀……"
嘴角溢血,
突然倒地。
空旷里,
荒凉地,
唱的唱,
哭的哭,
浑黄不清。
我从石棺里探出头,
见了祭江者,
不,
应该是见了玉隐。
水袖如练,
舞动长空,
左一句义共死生,
右一句万古留名,
唱得大河上下一片汹涌……

25

"死亡是一种灵验的处方。"
躺在石棺里,
我没有死,
一个质朴而骄傲的人,

扔了处方给我。

我还是固执地希望，

听声音，

夸张地想象。

想象那片清凉的水域，

甚至想伸出一只比巨人的手还长的手，

想从鼻息深处呼出一口仙气，

把眼镜蛇离开之后的那片清冽的面积再拉长，

再扩大。

在无边的黑暗里，

"在壁炉的火焰熄灭之前"，

我陷入深深的思考，

拦截洮河，

阻住晋陕峡谷，

还给水清澈的妆容……

不知什么人移动了一下石棺的天盖，

夜空依然深邃。

想再一次寻找跟星星之间的联系，

明月把一朵红玫瑰放在我的手上，

点燃了我对以往想象之鸽的爱恋。

只有想象，

无法说出，

虽然曾那样无知，

此时，

也绝不看中老朽的肉体上的智慧。

黄色就是黄色，

奔流了这么久，

经历找路的疲倦，

经历了落差时的困惑，

无数次记起荣辱，

无数次回味苦甜。

一路上，

一路上经历了很多，

已经记不起没有名词的语言，

恍惚间，

一直存在于一个"没有时间的世界"，

何必再讨要，

讨要一个只有清澈的世界！

施主，

请随我同行，

穿山越岭，

不拒水草鲜花，

饿了时，就吞下泥沙。

26

就这样，

躺在石棺里。

我感觉，

高祖就在我的隔壁。

夜深时，

他前来摸过石棺，

很久，

没听到他的叹气声，

好像见他捋了几下白胡须。

觉出了亲族的关爱，

血管里流淌着同样的血。

"我要离开此地了。"

"到哪里去？"

"回家去。"

"回不去了。"

"哦……"

他说得对，

有人为我哭过灵唱过路，

我死了。

我感到了安全。

前所未有的欣欣然！

清冽冽地流淌，

从源头来，

再来一次。

就在那座山的北麓，

到底属于哪个湖，

我已将名字忘记，

但我只记得，

永远记得，

我是独立的水系。

一

拜别高祖，

我选择了一个没有月亮没有星星的夜，

本想拍拍他的门，

也想跪下来，

很想抚触一下他的胡须，

表达一下感念之心，

无法表达，

难于表达，

我只好在河面上滚动，

漂泊，

漂流。

漂流时，

满河都是我的泪水。

不要送，

不要再担忧惦念，

不必再灵身相随。

我已经知道怎样奔流到尽头。

就让我再掬一捧清冽，

这一回，

我一定会认知什么是源头，

我会珍惜，十分珍惜……

27

等我了了这个夙愿，

再还你，

我的妈妈，

伟大的母亲，

一个隆重的葬礼。

如果能把《沉香救母》搬到这条河上来演，

整条河，从头到尾就会变清了。

我听到了咳嗽的声音，

不是一声，

不是一人在咳，

应该是传了几代的咳嗽，

我自己也咳了起来，

咳嗽不止。

不必医治，

没法医治，

有根儿，

医不好！

我被咳嗽声包围，

一个个怒目圆睁。

无端挡住了我的去路……

不必再探寻！

列祖列宗中，

没见高祖，没有那雪白的胡须。

眼镜蛇们列阵而来，

一位妇人携篮而至，

一把黄色的珍珠样的东西撒过去，

眼镜蛇裹挟着曾经在水一方的美少女率队而归，

朝着来时的路……

她，饲养眼镜蛇？

这些眼镜蛇归她掌控？

我朝她望了两眼，

便鬼使神差地跟她前行。

她住在一个窑洞里，

窑洞两层，

窑洞有门，

这门似曾相识，

莫非，

她是那位明朝的公主？

不，不，

公主何时变成农妇，

农妇怎么做了公主？

我返身而去，

步履有些蹒跚。

她喊我的乳名，

她追我时抛了臂弯上的竹篮……

她怎么会依河而居，

住在这消融着的残破的几乎不存在的窑洞里？

她是娘？

她是母亲？

辨认在呼唤的声音里。

奔寻，

劳顿，

不知这是哪一处家园。

神志不清，

我好像被人捡起来，

被甩在了羊皮筏子上。

28

我内心深处，传来一个无限悠长的声音：

"断续寒砧断续风"，

捣练之声，声声和月，

千古词帝失家国而不寐，

无奈！

我的眼前，深庭小院绵绵迭现，

也无奈！

我被载往何处？

向西还是向东？

现在的我，

还没有能力，

也没有心情，

去为一个伟大的女人，

举行一场葬礼。

我只希望向西，

再向西，

找到该问的人问一问，

我从哪儿来？

看一眼，

我出生的地方。

不必再挣扎，

再奢想，

但愿这是高祖的护佑，

赐羊皮筏子，

一路畅游，

怕我寂寥，

请唐朝后主相陪，

"深院静，小庭空。

断续寒砧断续风。

无奈夜长人不寐，

数声和月到帘栊。"

29

急流！急流！急流！

赶紧，

快——

寻找锚定物！

太阳和月亮重合的时候，

我在羊皮筏子上。

想数星星时，

夜幕包裹着的梦，

将我送到水之宫殿。

白色的光罩，

我在里面。

有人为我化妆，

我的扮相很好。

应该说，

入洞房的美妙和自信依偎着我。

要紧的……

我摸一摸，

硬硬的，

还在，

金翅簪，

还在，还在！
戴上她的发髻，
戴上她的发髻！
这一遭啊，
没有白来。
再与我的高祖碰面，
就不用担心他讥讽般的笑。
"高祖啊，
我的衬衣上没有一丝丝油泥！放心，不会吓跑
任何一个女人……"
高祖的笑声里染着无所谓，
我的神情里是深层的忧虑，
红盖头下是不是配戴金翅簪的人？

洞房花烛夜。

迈进洞房前，
我在白光罩的外面，
我的心跳突然不那么急促，
可以去挑那红盖头。
失望带来的恐惧让我又一次沉静下来。
时间太久了，
还是水下的颠簸，
红盖头，

红盖头，

来不及眨眼睛，

红盖头滑下来，滑下来……

来不及有任何矜持范畴内的停留，

我带着一身冷汗逃出了宫殿……

锚定物没找到，

我从梦中惊醒，

下意识，手伸过去，

硬硬的还在，

金翅簪!

金翅簪还在!

有个戴了京剧饰冠的人，在唱:

"有位伊人，

在水一方。"

在画，

一幅精致的木棉。

30

泪水托载着羊皮筏子前行。

从睫毛的缝隙里隐约看见，

奇异的飞物。

鹅身上的细绒?

棉花的细丝?

秋刚至，冬未到，

会飘雪吗？

得了白内障，

阴翳飞蚊？

筷子与筷子的空隙里有高祖的声音：

"男人怎么有那么多泪水？"

我没回答他，

也没去擦眼泪。

又听他悄声说：

"入洞房不为女人只为金翅簪？"

看他真情切切，

看他疑虑重重，

我装作未闻未听，

低下头，

依然泪水涟涟。

我想告诉他，

没有父亲在危难关头，

死前先杀了女儿。

我在找明朝的那位公主，

我想把这无双的金翅簪戴在她的头上。

这个念头，

让我险些失去如那公主一般的贞洁，

毁了成仙前的修行。

也许，高祖，

你是明白的，

就这样，

带着梦，

我流落此地。

不能重返故里，

我喜欢上了死亡。

为了这支金翅簪，

我又开始了寻访。

还是祈求高祖的保佑，

让我到眼镜蛇组阵的地方，

去寻那清凉凉的水域，

把金翅簪戴在水畔的姑娘的头上。

31

只能使用污秽的词语，

但是，

很难描写这无谓的声响。

至纯至真的欢情，

不必成为对自己的冒犯。

望一望长河大川，

没有停留脚步，

无欲无求，
无悔无怨。
那川西北高原的绿洲，
始终是我回眸的地方。
那么多支支岔岔的水系，
清凉，清澈，清冽，
神明慷慨地留下的一片湿地！
今日里，
溯流而上，
贸然闯入了。
其实，
是怜爱，
是痛惜，
为何离开这片蜿蜒和美妙?
我想，
混浊不是我们共同追逐的颜色。
可是，既已混浊，
不是生命体内部所能把控的。
固执地回溯，
想用量器量一量属于清洁流域的面积，
应该是不自量力的妄想。
作为人，我干净又勇敢，
讴歌你的心也充满慈爱。
神复制了唯美，

绘成若尔盖的斑驳与柔婉。

无论如何，
患有精神洁癖的人，
无论如何，
一个无知的人，
想不明白，
黄河之水自己污浊了自己的理由。
对若尔盖草原的那片柔情，
使一个少女想扑入洞房又做不成母亲。

32
一个光点，
一个晶点，
膻中穴，
两乳之间。
是那样地静，
碧水蓝天，
蓝天碧水的绝品……
请轻提罗裙，
请屏息观看，
多么地想走近啊！
踩下去，

灭顶？

幻灭！

奇异的神秘的宁静……

因为你靠近了源头。

我的至爱，

已经无穷大地靠近。

不必移动极限的位置！

我把你的泪水滴进卡日曲。

高祖啊，

依恋了三百年，

我望见了……

都说西风紧，望不尽天涯路……

三百年的恋爱，

有了尽头？

其实，

从老牛湾到卡日曲，

不必计算路程，

只是长河里，难于分辨哪是泪水。

高祖，

碧水蓝天，

很美。

33

高祖，

你和我，

一个姓氏一个家族，

只差了半步，

便将它沦丧。

这毕竟是一个伟大的姓氏，

你用伟大的基因，

赐我名字：理想。

我终于知道，

是什么照亮了我的混沌和迷茫。

你一步不舍地护佑，

陪同我溯流而上，

历尽沧桑，

尝遍酸辛。

繁星闪烁时，

我感觉到了你无边的爱，

你的永不表达的眼神，

把眼神留在我的眼睛里。

你硬说绿树青山是你的化妆用品，

把霸气把决绝刺进我的骨髓里，

在档案表格里，

硬是改写了我的性别。

此刻，

我在此刻，

品尝奔腾流泻的欢乐与忧伤。

34

时间凝固成燃点。

我离开了巴颜喀拉山脉，

我离开了卡日曲。

35

黑夜里的那双眼睛太绚烂，

卡日曲的光点太神秘。

奔涉不是为了那份神秘。

早就不以为自己有什么好奇心，

凡庸已是最普适的颜色。

有一种东西，是眉宇间的白光，

白，也还是颜色。

都是那份洞察力，

点燃了雪山顶上的花朵。

没有绽放，

不必绽放，

大雪蒙上了我嫉妒的眼睛。

36

时间凝固。

因为犀利?

因为洞察力?

心脏积累了悲伤。

无词语，

不可替代。

不要寻找，

不必寻找。

所有的词语都是因为臆想因为忧伤而诞生的，

请让世界安宁。

不必把寒冷逼进内心。

本来，世界上也没有什么，

卡日曲所谓的碧水蓝天，

也是一种衷肠隐曲。

请把你手上的金翅簪扔掉，

要做到!

太辛苦，

太虚幻。

没有能力描摹绚烂的色彩，

离那个光点太近。

因鲜花因仙鹤而晕染的泥沼地失去了拜访的能力。

然而，

我已经来到这个地方，

此刻，

我在此刻。

不必引经据典。

什么人，堆砌出一个名称，一个存在，诱惑人

有限的存在。

不必太清晰，不必包裹点缀洞察力。

是它们，

毁了存在，

毁了美好。

也不必太小心自己，

无害！

说得太准确便为僵硬，

小心善意地包裹自己，

不必堆砌骄傲的高地——孤独。

无限的孤独从此产生。

37

时间已凝固成燃点，

凝固成一个不存在的光点。

确实，

不必疑虑，那个光点还在。

卡日曲的空洞里蕴藏着无限的神秘。

洞察力思考力，

像太阳的光芒刺得眼睛生疼。

沟壑里流出了血，

找不到一个搭建灵棚的地方，

挽幛也无从挂起。

38

我的眼睛有多少次约见了若尔盖大草原？

有一千次吗？

有吧！

其实，

红巾翠袖正在为你擦去泪水。

从梦中醒来哦，

你从春天的花园里捡来的麒麟已经掉到这条河

　　里了……

可是，

你在贪恋蜻蜓的美，

你在贪恋那片蓝天下的碧水。

只是，

那碗口大小的泉，

令人捉摸不定。

警察已严格把守,

陷下去就难于拔步,

甚至消失……

尽力,

尽力,

尽力挽留自己。

因为我知道结果,

我不会,我写不好,我不愿意去落笔——

来自洮河的浑黄。

哪怕那个叫刘家峡的地方,

也争取晚靠近一点好。

追求真实,

忠于真实,

可我惧怕看到——

真实。

心灵的世界里,

蓄满了云状雾霭,

不要让我的眼睛看到粗粝,

哪怕是真实。

岁月里,

尽管粗粝也当过脚印的模板,

可是,

面对粗粝,

我充满了愤怒。

到底是什么染料，

是怎样的一只手，

将这条清澈、清冽、清亮、清美的河染成了黄色？

哪怕是神明！

虚拟，

放置，

制作……

秋天到了，

这条河的岸边，

风投下一片叶子，

投下叶子，

红，黄，蓝……

该有的颜色都有。

轰响声，

轰响时飞卷的菊花状的浑黄，

让我晕倒在卡日曲，

我不再看到颜色。

确实，

我希望神能投下一片翎羽的光影，

伴以同行，

永远拒绝那片浑黄，

积下口德，

不再诅咒洮河。

既然你还没离开若尔盖大草原，

那就接着做你的梦，

那里写着的只有两个字——唯美！

39

我流下眼泪之后，

望着大河，

大河将我囚禁。

贼偷走了我的自信，

我不再是那个久久地望着大河的人。

望着那支岔蜿蜒的深远的草原，

也许，

那是你心灵上空的宽街窄巷？

应该说，

我听到了神明的钟声，

可是，我还是眺望着无限的远处，

着魔似的在羊皮筏子上叙说，

我只想让高祖放心，

此刻，

我在此刻，安然无恙。

40

我准备离开卡日曲，

那份清冽已经留在心灵深处。

高祖，

我不得不向你报告一个消息，

昨晚，

我见到了一个姑娘，

遇到了美的层次，

高祖，

我想把那枚金翅簪戴在她的头上。

她的唇廓显明，

她美得含蓄。

也许，

过于痴迷，

梦的雾霭中，

见她戴了饰冠。

不知能不能戴上我的金翅簪？

高祖，

你可能体会到那种幸福的层次，

眼泪从睫毛缝里渗出来。

其实，

爱会让你变成奴隶，

那种心灵深处的体验，

不，

那种略带卑微颜色的东西刚要显现，

我哭了，

我很委屈。

梦中，我大声呼喊：

"高祖救我，

不要，

不要……"

梦醒时分，

金翅簪就在我手里。

梦里的姑娘携带的唯美的影子里有一只水袖在
    飘动，

那袖子在我心田的上空卷动，

"荷尔蒙和心脏的重量留在了这里。"

不该把什么都跟亵渎扯上关系……

轻松得害怕！

我不是个好男儿，

说出来让高祖笑我……

高祖可怜可怜我，

高祖救我！

幸福好苦，好苦……

压得让人窒息。

我落在了陌生的空洞里。
文墨失去色彩，
花朵蒙羞。

难以描摹，
"荷尔蒙和心脏的重量留在了这里。"
然而，
这门槛，依然是拆不掉的悲怆！

41

应该还在上源，
我在岸上走，
踽踽独行。
来过，已经来过！
那个泉眼的神秘，
留给我的痴迷，
是晚霞的斑斓，
是梦中女子的柔缓，
迷离的宫阙，复合的旋律，
真真假假的事情，
一时间不敢确定是我头一次见到月亮。
我知道，
我已经离开卡日曲，

走在岸边，
走在路上。
无法去看河，
来不及，不，
没办法看到两岸的花草，
风景混迹于心里。

42

日月星辰隐曜，
行走在自己的影子里。
以为，
些许的声响，
是遮盖的心灵深处的钟声。
时空如此神圣，
忘不了心脏的疼痛吗?
在这里，
在此刻，
"荷尔蒙和心脏的重量留在了这里。"
信吧……

43

快出上源，
我没听见哭声，

我没听懂哭声。

河的北岸，

有个女人依卧在鲜花编织的，被鲜花簇拥的，

被鲜花装点的坟冢上。

不用细看，

已认出那座宫殿。

我美丽的姑娘，

那位公主，

为谁堆砌了这座坟冢？

为了抵御荒芜吗？

把鲜花装点。

我低声吟问：

"里面埋的是我吗？"

我还没有死，

还没来得及将那枚金翅簪戴上女人的发髻，

我的姑娘，我的公主。

我就在对岸，

打量这座花之宫殿，

一边思考，

为何把埋藏我的地方，

虚妄到诗的层次？

其实，

不舍昼夜，

奔腾，

嘶啸号哭，

翻出瀑布的花样，

为了躲避泪水，

为了沉淀逝去的时光，

认识昨日黄花，

为了澄去泥沙，

在卡日曲的纯情中，

在若尔盖的温婉俏美里，

描绘昏黄的模样，

试着体验奔腾的幸福。

可是，

亲爱的公主，

张狂的形态未免露出浅薄，

你便堆砌宫殿一样的坟冢，

用坟冢做洞房，

点起花之蜡烛，

享受你自己营造的春光。

一切都是无心，

一切都是有意，

都怪我们的思维太含蓄，

在坟之宫殿里断裂心肺肝肠，

去寻千年清纯模样。

不要惧怕，

或许，

眼镜蛇的神情里有火焰般的爱……

44

却原来，

那座花之宫殿是你为自己所造。

我用带血的双臂，将你托起，

你没了呼吸，

还是多了重量？

我优美地走着，

美丽的姑娘，

你像夜色一样。

在传说中寻找，

还是一定要寻找到传说？

痛苦迷蒙使人违抗了忘却，

一直往前走啊，

可是无论如何也离不开河的上源。

不知那遥远的终端，

能否找到旧时琴谱，从和弦里找到旧时的事物，

神明会启发我怎样还你一个太阳岛，怎样为你

画好洞房的图纸。

我亲爱的姑娘，

请相信，

我不是一个愤怒的男人，

只是，一时不知把诗写到哪里。

我只能优美地转过身，

把你抱在怀里，

带着我永恒的情绪，

去寻若尔盖草原。

请你同意我的说法，

若尔盖那数百条的蜿蜒和清冽，都是你难于抒

　发的心曲，

就连我也难以承载。

我用我的胸怀做你的婚床，

祈祷，祝你圆满做完千年好梦！

尽管阴影隐秘，

你还是能以自己的方式圆了自己的梦。

就在你准备醒前的四十八秒，

我一定会把荷马和维吉尔的诗典放在你的臂肘边。

我知道，

"你生来就不会死，永生之鸟！"

在这片溪流滋润的草原上，

我还有不了的情怀，

等我完成了诸多的角色，

父兄，姊妹，笃厚的情人……

我一定带你走出这片美好，

一路奔腾，

享受情爱的高峰。

我知道，

这条河对我有恩德，

我还没有读完读懂它，

还不知道怎样回报怎样爱它。

你在我的怀抱里，

正在听着我的诉说，

我正在酝酿着一场伟大的演讲和一篇朴实的誓词：

为我，为你，

为我爱的，为爱我的，

搭一座灵棚，

建一处洞房。

45

此时，西天边的颜色，

是"半江瑟瑟半江红"吗？

美到灵魂，

心被碰疼了。

终究没有把眼泪滴进你的眼里。

月的寂静在我们身体里穿行，

你依然躺在我的怀抱里。

我的宝贝，

你听到涛声了吗？

明天，

霞光从东边闪出影子的时候，

我不知道如何向你承诺之前的承诺，

我无法再将那片澄澈牵在手里，

卡日曲离我们很远了，

但愿你就这样有重量没呼吸，有呼吸没重量的，

随我走到尽处。

……

你害怕了吗？

我感到你心房的战栗，

我真想紧紧地贴住你的胸膛，

我怕泪水玷污了你的胸衣，

把目光深深地投向远方。

我知道，

再迈出一步，

就是洮河了，

你说，你不想做赘物，

就此坠入洮河，

浑黄到终点，

再拿出写满诺言的绢帛……

"想到我们不会再同行多久，我才开始感到我
对你产生了一种全新的柔情……"

小心地抚过，

不愿冒犯，

不舍的不是卡日曲，

不舍的不是若尔盖，

清洌清晰是美，

浑黄也是美，

尽管如此，

还是不忍你离开我的怀抱。

同行，

同行吧，

不舍的是你。

46

应该说，

离有羊皮筏子的地方没有多远了，

如果我能顺利地把你放在羊皮筏子上，

听你那音乐般的叙述，

把月光和流星永远留在叙事的节奏里，

留在生命的律动里，

留在我深深想念的地方。

我知道，

你听得见涛声，

也看得见月影。

你用体温在颂扬，在始终不渝地颂扬，

想磨光那些你根本不知道的我的坎坷，

想用孤独铸就的丰富来为我雕出荣耀。

我托举起那些隐秘的日子，

托举起恐怖的未来，

低下头看一看怀抱里的像婴儿一样的你，

不敢吮去你睫毛缝隙里溢出的泪水，

不敢去抚碰那让我幸福的山峰，

我的心是你碰疼的，可是，

你的存在为荒凉的时刻留下了诗。

将你抱紧，

形单影只的我，

向白昼窥视。

虽然，

我在千百次地呼唤，

不过，

并不盼着你从梦中醒来，

你梦魇般的笑会抚平劳苦的疤痕，

也许，梦中的惬意把你推向幻象的顶端，

梦翼不会碰疼拥抱者。

距离还有很远，

要的就在眼前，

我的怀抱就是你的明天。

其实，没有多远，

我不必告诉你明天，

这就足够了，

虽然，

被烈日炙烤的你的额头留有痕斑，

爱得心疼的我，

低下头，

看不见你的容颜，

只是一次又一次地抱紧怀里的婴儿。

月亮的脸不必光艳，

别惊扰我女儿的梦，

别让她偶然一瞥惹出对现实的不屑。

我怀抱着的，是一只，

再也不懂得失落不认识委屈的永生之鸟。

神明连月亮的颜色都掠走了，

大河涛声依旧。

我收紧了怀抱，

在沉默里静谧如花。

47

滔滔不绝，

无限将我拥进黑夜。

只可惜，

岁月没有磨损我的记忆，

我听得出，

月光山影中的那条河，

拖着不尽的迷宫，

谛听孤独的喊声。

不必相携，

不必等待，

太深的孤独，

几乎忘记了我一个男人的饥渴。

这个为我筑了花冢的女儿，

在梦幻里为我写着墓志铭。

她嘱我说，不把命运交给别人，

就没谁敢背叛你……

她用残存的呼吸抚触着我。

轻轻地将一下她额前头发，

只在心里回她：你是在怎样地爱我呀！

等在我前头的是黑夜，

离开卡日曲，

离开若尔盖，

已经很久很久，

你平生脆弱，

胆子很小，

我不要说与你，

我死之很久。

不必怕，

你的灵魂已经依在我的灵魂里，

灵魂的羽翼一定把你驮到远方，

你就像在此刻，

依住我的肩，

吻住我的心房，

别哭出声，

和我一起走出灵棚，唱着挽歌，

不怕，我的女儿，

疾病已去，

你不丑，

我抱着你走进洞房。

48

我坐在未来，

试着对一个女人回忆。

"不是来自希望，而是来自古老的单纯。"

望着那边，

不是逝去的月亮。

一缕仙乐送进我孤独的梦想。

"非干病酒，不是悲秋。"

看着臂弯里的她，

我的女儿，

呼吸还在，

她在吟唱。

尽可能保留这歌声，

只可惜，

永恒中正在燃烧遗忘。

隐喻的神话还在，

梦中之梦的幻觉还在，

让臂弯中的女儿，把脸贴紧我的胸膛。

悚然间，

我从梦中惊醒，

一缕白色的光，

与我女儿平行的一缕光。

高祖悬在我的头上，

祖姑奶莲蒂①相携相依，

祖姑奶莲蒂眼里充满了爱悯，

她向我频频示意，

我的目光落在了臂弯里的女儿身上，

谁为她穿上了白绸衣？

袖口内绣了"聂式绸缎"的字样。

"宽限几日哦！"

高祖救我，

我们还在这边，还在洮河的这一边，

这里还是上源，

这里还是单纯的王国，

你听，

泉水之声细密，

卡日曲，若尔盖草原，还在五服的姓氏之内。

古老的单纯，

---

① 刘景侠小说《今夜有太阳》里的人物。

没脱去孝服，

我女儿的脸上流动着羞涩，

没有为亘古旷世的爱情惶惑。

高祖救我，

洮河离我们还有距离。

祖姑奶泪流满面，

她背过身转过脸，

她和高祖一起披挂戴上了头饰，

太美了，

美到逼人的眼睛。

不知道他们唱的哪出戏，

是《祭江》还是《汉宫秋》？

曲调缠绵，

没有一丝荒诞。

迷离中，是否拉动了高祖的衣袖，

还是看见了祖姑奶心田的宽街窄巷。

熹微的亮色里有一丝丝粉红，

我的女儿的酒窝里还有梦的旧痕，

宝贝，不怕，

我的爱人，

我在的地方，

永远清纯，

你看，

碧水蓝天，

蓝天碧水，

卡日曲的怀抱，

是我们的家园。

49

崖壁下，

为何见月影重重，

似高祖的瞳孔。

这隐秘的河流，

绅士的故事里，

有恬静的红砖，

有深深的庭院。

星辰不让他记得那张脸，

可是，

我依然在迷宫里徘徊，

这里，

有星辰，

也有爱情。

"有幸福，接触过伊甸园，哪怕只有一天，也
  是极乐。"

高祖，

不要感到嫉妒，

没有可能感到后悔，

一切都是准备好的，

比我早出生三分钟，

我就成了你的曾孙。

寻找得好苦啊，

不要拆散我们，

即使一定要下洮河，我相信，

你也会像神那样看待我们，

诗的源泉不会枯竭，

我们会收到镜子复制给我们的礼物，

忧郁而神秘的音乐。

无以替代的音乐。

50

金龙幻化出来的火球，

刹那间变成一座旋转的宫殿。

我正用那枚金翅簪，

在天使的额头上刻下隐秘的名字。

天使们从头上铸成瞬间的钻石之后，

我开始了寻找。

宫殿里没有人，

空洞到可怕的程度。

我逃开占卜术的预言，

继续寻找。

我捂住痛着的胸口，准备逃过另一个阴影，爱情，可是，却依然使用玫瑰的语言叙述。

当我的后半步留在门槛这一边的时候，

我看到公主换过的头饰，

细打量，不是公主，

是我怀抱中的女儿。

戴上去，把金翅簪戴上去……

金光闪闪的宫殿里有眼镜蛇现出原形。

谁在营造梦魇？

刹那间哭声涌起，

泥浪涛天。

在这座宫殿塌落之前，

我被祖姑奶莲蒂拉住了手，强行将我拖出宫殿。

黎明将至时，

我从梦魇中醒来。

谁在我胸口刻下了图案——

淡淡的，

没有多少颜色的荷花，

有花，有蕾，叶子下掩映着"荷隐儿"几个字，

　"隐儿，隐儿，隐儿，在哪里？隐儿你在哪里？"

两岸群山轰响，

洮河沉着地涌入。

顿时，泥浪滔天，

宫殿被泪水托起。

祖姑奶攥紧了我的手，

像个愤怒的男人，

高声怒吼：

"金翅簪祖传之物，不要白白地让泥沙吞噬，

她会等在遥远的终端，

佩戴你的金翅簪。"

我抚摸着胸前的荷花，

梦魇般地哭喊时，

胸口喷出的血的枝丫，

浇灌了漫无边际的玫瑰。

"隐儿等我——"

就在我纵身一跳时，

阻拦我的隐秘的天使的手，

让我从此背叛了爱情。

51

有一只奇特的老狼，

杀死了天上的月亮。

再也无法在另一面镜子上读到骇世名言。

只好选择这透骨的凄清之夜，

为隐儿找到一块墓地，

在洮河的这一边，

决不过洮河！

寻寻觅觅，

无计可施，

无处可寻。

不是刻意斟酌，

一切都将无法寄托。

埋一荒冢，

权作行宫，

为我，为她。

行宫建成那一刻，

墓碑下落那一时，

我住在里面，

隐儿活在外面。

搜索枯肠，

任怎样的描绘和讴歌，

没有什么词语什么描摹叙述，

可以挖掘到心脏的底部，

甚至不可以相信诗人，

灵魂流浪时会忘记爱情。

不准备继续在大河的两岸采录，

不想因那真真假假的举措，

产生有意避免的遗忘，

在墓碑上刻下朴质而真实的墓志铭：

为了爱情。

对着凄楚的黑月，

对着滔天泥浪的呼喊，

我听到了圣洁的唱诗班的歌声，

起身向不明的黑暗走去。

祖姑奶莲蒂早已等在那里。

无声，

无影。

"想好了？"

"想好了！"

祖姑奶深情的拥抱，

如同转瞬朝夕，

如同虚忘之举，

衣袖闪烁出玫瑰花瓣，

遮盖和羞冢分合的瞬间，

我住进了行宫，

隐儿作了流逝光阴中的浮影。

她的水袖的一截留在了我的手里，

"终端等你"，

这句话如同花烛之时的洞房之语……

就这样，

我在里面，

她在外面，

从此，

我大门不出，二门不迈，

千金难见，高贵娴雅了却夙愿。

我是她，

她是我。

从此后，

天各一方，

怎一个思念了得！

52

我无法再想起什么词汇去玷污月亮，

一时间还无法将自己当成隐儿。

更无从想起从这坟墓里走出去的隐儿如何变成

   了我。

只觉得两胸痒痛，

有说不出的风情将我簇拥。

可是却唤不出对名字叫玫瑰的鲜花的回忆，

那娇好的艳丽色泽也唤不出风情万种。

只听得，

花冢顶上有声音，

不像敲砸，

不像哭祭。

心中汇聚的梦幻忽隐忽现，

星空的一下闪烁，

我看清了一个浮影，

——从前的隐儿，

她无从改变，

她似卧似跪地趴伏在花冢上，

她用双手在挠土，

在掘挖，

忽然，

我窥见一片凄怆，

黑色的雪送来了呼唤。

隐儿没有改变应该在瞬间与我互换的容妆，

漫漫荒漠上，

慌悚在她的心底无限地扩展。

她在我住的这座冢边上，

努力掘挖，

挖坏了双手和双脚，

终于，

筑就了一座新冢，

她将中指咬破，

血如红练，

"和羞冢"几个字印上去。

我的中指被她咬出了血，

心脏也被挖痛。

"隐儿！隐儿！"

休得胡来，

你已不是隐儿！

我在里头，

你在外头，

方刚血气，

做一个有性别的人去吧！

缘分是因果，

因果不易！

在祖姑奶监制的花冢里，

我做了隐儿，

我变得柔软，

准备在黎明时分去寻清幽芳菲的气息，

准备遇合热血的兽王，

或者，

履行与荒原狼的欢合闲散和死亡。

至于我的前身，

那个隐儿，

能不忘嘱托，

把祖上传下的金翅簪给他命定的姑娘戴上。

当然，

我希望，一定是一位配受那种光荣的女人。

一定会唱羞涩的歌赋，

为一个伟大的家族，

永远铺染茉莉花的清淡余馨，

滋润英雄，登上奥德修斯的战船，

满怀着憧憬与希望，

繁衍新的子孙，

做永远骄傲的后裔。

53
黑色的雪山，
黑色的星，
你说，
你是多么地爱星啊！
广大无边的冷漠，
是怎样神秘地坠在孤独的羽翼上，
有很多的不必。
不必，
将雪山顶上的那朵莲，
刻上青鸟的名字，
植在和羞冢上……

我曾是我的前身，
我曾是我前身的怀抱。
祖姑奶搀住我的肩头，
引领我在星空中穿行。
不知道脚下有河流，
也听不到泥浪翻滚的涛声。
只觉得跌跌撞撞的黑影，
隐儿，你已不是隐儿，

去寻自己的路吧！
两个黑影，
两种惶惑，
一种心情。
黑色的雪山，
黑色的眼睛，
黑色的星。
虚化自己，
虚拟另一个，
虚拟这个世界。

54

应不应该给祖姑奶写这封信，
我不知道。
我望着望不见的星，
听着听不进的涛声。
冥冥之中，
只觉得丁香花猝然开放，
用泪眼诉说美丽的忧伤。
只觉得洛阳的牡丹花蕊抖动，
像西施那样捂着胸口直喊疼痛。
我已开始蜕变，
用绽放来诠释燃烧之痛的意义。

我问祖姑奶：

"我的前身，她怎么还把自己当作隐儿？"

我希望她像现在的我，

去找她的雨巷，

能逢着举油纸伞的姑娘。

也许，

她和我一样，

正在练习一种功夫，

在痛苦和明亮的深渊里开始晶莹地遗忘。

祖姑奶，我希望你能帮到我，

帮助两个隐儿，

断掉宿根。

让我早一点学会唱出羞涩的歌赋，

让她能有机会，把那枚金翅簪早一天戴到一个
　　姑娘的头上。

祖姑奶坐在洮河边上说：

"不必再牵绊，

不必对前身保留爱念，

不必沉迷复合的旋律，

晚霞总是很斑斓，

不必再怀有深深的情意。

只能从圈子外面瞩目，

让她，让你，

都避开多层次的灰暗，

让多舛的命缘先下洮河，

让翻腾和奔忙成为一种景致。”

祖姑奶的话化作用雾用风制成的羊皮筏子，

载着我漂起来。

我好像在唱，

确定不是哭，

只是脑袋鼓胀。

伴唱是祖姑奶对我的安慰，

我们唱的歌曲的名字是：《心灵的宫殿》。

55

我一直在唱，

祖姑奶一直在哭。

我认出了一个人，

前面那个漂游着的是诗人屈大均，

明末清初的一个诗人，

他肩扛一只毛笔，

且行且书，且书且吟：

“梦逐黄河穿塞尽……”

我的后面是我的前身，

她不愿脱去女儿装，

更不愿承名聂天梓，

我知道，她依然恋着从前的怀抱。

她也在吟唱，

好像，

已不是那熟悉的羞涩歌赋，

但依然是染晕婉约的韵律。

她活生生地改编了屈大均的《望云州》：

"梦逐黄河去，愁随鸿雁来。哀歌何处是，云
州变土丘。"

我求祖姑奶，

让她坐了羊皮筏子一路前往。

没有允诺，

也没有斥责。

羊皮筏子向前行驶，

将可怜的天梓抛去。

羊皮筏子像是停留，

我的目光停在河面上，

世界上唯有时空可信。

康德瞪着怪异的眼睛，

在水里，

他虚幻的身影和浑黄的水融合着，

看着版权属于他的骇世名言发呆。

对着他的是爱因斯坦，

你不能说他是饶舌，

时间也不可信。

我赶紧抬起头，

不必讴歌，

月亮也不见了，

是谁杀死了月亮？

真的，假的，真真假假的，

人生多变，命运多舛，

连一个浮影都不再相见。

"祖姑奶，祖姑奶救我！"

大河上下，

没有浮影，

没有回声。

我努力地寻找崖壁，

这里不是老牛湾，

河面很宽，

看不到崖壁，

那位高祖呀，

在这凄楚的黑夜，

把一封血书盖在大师写于河面的骇世名言上。

56

时空确实不可信任。

天地间一片朦胧模糊，

容貌被噬咬清纯招惹的委屈销蚀得朦胧模糊。

有人，

不会将我死去的一天忘记。

没有风，

没有一点亮色，

大河上下一片寂然。

这只停泊不动的羊皮筏子，

也许是神明所赐，

要么就是高祖的永恒的爱意。

坐在这个叫羊皮筏子的符号上，

用我黑色的眼睛，

去抚触黑色的河流，去抚触黑色的夜空，

数不到，儿时那颗星，更不必幻意永恒的交流。

被咬痛，

叫作心的地方被咬得无法禁忍时，

席卷过一缕黑色的风，

送到这个"布满灰尘和素馨的世界上"的，不
　　是缠绵的情侣，

是那位久违的父亲。

怕我在黑暗的花径迷失，

还是怕我不堪承载委屈？

我倚着他的肩默默地无声地哭，

他明明晓得，

无法分担这份苦，这份累。

他轻拍我的肩头，轻轻地吐出喉音：

"不怕，不怕，

没事没事……"

夜幕空旷，

神秘莫测。

也许，

他是天堂赐给第一朵玫瑰的男人，亲切，不可
　或缺。

我只能在心里说，

把我带走吧，

我要挑着担子在晚霞里行走。

给我安全给我幸福的父亲哦……

我已经努力很久很久，

可是，

我还是理解不了岁月的江川如何流淌……

父亲唇廊里的小虎牙为沧桑平添了不是娇媚的
　娇媚，

宽肩，剑眉，沉寂得整个世界都为他唱挽歌的
　生灵，

给我慰藉，

也为我又增新的疼痛！

父亲时而沉默，

时而吐着喉音。

那个黑色的夜晚，那个连黑色的星星都没有的
　夜晚，

父亲拥抱了我。

像父亲那样，

像男人那样，

拥抱了我。

现在的他，是冥界一位农政司的司长，

不是田地里背朝天的汉子，

他使用新的礼仪抚慰无奈无助得永远像儿童一
　　样的女儿，

有太多的不舍。

他离开这只羊皮筏子的时候，踌躇，无奈。

他只是告诉我一切都怨高祖，

他不该再制造童话，不该过度宠爱，一定要全
　　部填塞我心底的缺憾。

"唉！"

那叹气声像江河一样地流去，

面庞如脚下的逝水演绎着岁月的大川。

这只羊皮筏子微颤，

惊起划水声，

不能成眠也是一个新的梦。

朦胧模糊，

时空里一片朦胧模糊。

朦胧中，

有人点桨，

什么人在点桨?

不是祖姑奶，

不是高祖，

不是父亲……

羊皮筏子朝前方，不，

朝对岸划去，

曙光和晚霞交错的极短的一瞬，

望着那无法展示的面容，

我热泪淋漓。

57

熹微的早霞像是融进血液的激情，

从刘家峡向南，

朝炳灵寺挺进。

远处有两座山峰，

有人送名"姊妹峰"。

他们是相邻而不相对，

我与那点桨人，

相对而不相见。

不知什么时候，

天又黑下来时，

我们开始讨论起来。

关于生死谜，

关于长生不死。

他的语气冷漠也柔和，

像是很懂得温情，

像是尝过很多次鞭子的抽打，

像是要看尽人间诸笑话，

然后又故作高深地宁静得不识人间烟火一般，

听别人的事就像说自己的事一样，

反复地表达着关于灵魂不死的见解。

但你又无法告诉什么人，

这是他的见解。

有的人不适合用语词为他做鉴定，

他的小学老师一定充满了智慧。

到底是不得不问，

我像是往炳灵寺石窟方向爬一样，

强平气喘吁吁之状，

走出连绵的梦魇，

又撞入虚幻的幽深。

突然间，我像喊了出来，

为什么刘家峡上游水比较黄，

靠近大坝的地方清一些？

他挥动一下点水的桨，

又轻轻地点下去，

像是望着岸边险峻的崖岸，

像是拣选着记忆中的词汇，

又像是生来就是等待下判词等待唱讽似的，

"你倒是个浪漫的人！"

唉，

褒奖，夸赞，

后世，当代，

也没什么多大区别。

谵妄，衰萎，

不要再去与他分辨颜色，

应该说，

很早以前，

他就有了将痛苦化作音乐的能力。

河面，

河的两岸，

都没有任何怪诞的景象。

他是神明派来的，

还是高祖请来的，

好像都没有了探讨的兴趣。

只是，

我和他，

他和我，

像讨论一场梦一样，

像讨论一个还没有出世的人的梦一样自然而然
  地对话。

我坚定地说："我只想做我自己。"

他说："岩石最后化成了尘土，我学到了很多东
  西，你和我一直在变。"

他没有故作高深，

但我还是很生气：

"坦率地说，我不记得那天晚上我们是否自杀
　了。"

58

晨钟暮鼓里，

我看到了朝圣者的背影，

我在他们里边。

我看到了一只虫子，

朝佛龛爬去，

一只惊天动地的虫子，

千百次地从佛龛上摔下来，

如那河水一味地日夜兼程。

在寺庙里研修的赤子，

手里没有典籍，

是那条河，

让他们的大脑有越来越多的褶皱，

把《史记》把礼学把一个民族的智慧送过去……

一时间，

我明白了，

一条奔腾的河流为一个民族办起了学校。

我坐在岸边，这里是刘家峡。

不，我在繁星闪烁里，

望着闪烁的繁星，

突然，那只虫子，

变成了一滴眼泪，

带羽翅的泪水，飞舞盘旋，

刹那间，变成了一根玉白色的动脉，

红色的泪水汩汩流淌，而后喷薄。

一时间，

刘家峡水库变成了红色，

一条黄色的河从此变成红色。

泪飞顿作红雨，

惊异于那只冲向佛龛的虫子，

竟是如此地惊天动地。

在岸边的我，

是刚刚醒来，

还是准备睡去?

脑子里满是那只惊天动地的虫子。

就在此刻，

我又看到了那只虫子，

它依然朝佛龛发起只有它自己懂得的进攻。

因为点水撑篙的恩情，

因为神明在那里，

因为他的那根手杖是书籍的模样，

这个人在我转让出聂天梓的名字做了隐儿之后

降临。

虽然从没见过，

但我认识他，

胜过认识我自己。

我想，

高祖为我交了学费，

让他做我的音乐教师，

教我学唱羞涩的歌赋。

高祖他是如何地爱我呀，

这世界上的东西，

他不想让我缺少一样。

我不知该如何熟悉我的老师，

心甘情愿地接受教育和指导。

只是觉得变成隐儿之后，

有不尽的委屈，

常常受到躲不开的冰雹，

头一遭受气，

禀告高祖，惩戒惩罚，

又怕他遭笞杖之苦……

那一瞬间，我真的不是聂天梓了，

我做了隐儿，

这是做女人的感觉？

任性，苦……

如果能从高祖手里借来那把笞杖，

我一定像贾政那样，

把贾宝玉打得皮开肉绽。

握着一棵叫不上名字的草，

在地上划过，

不是谷子，

不是音乐……

祖姑奶莲蒂影子一样飘然而坐，

她听到我的第一句话是，

"星宿海才是我沉睡的地方。"

祖姑奶莲蒂不像以往，

没有嗤笑，

没有感慨，

她的沉默，让你不自觉地和她一起追忆完全属

　　于她自己的往事。

我的手放在她的膝盖上，侧依着她的肩头。

天幕越压越低，

夜更浓了，

黄河不再呜咽。

"你那高祖呀，

爱得越深，欠得越多。其实，他不必再为你潜

　　心布阵摆子……"

我笑了，

我品出了祖姑奶心里的苦涩。

她是多么地爱着高祖呀！

她不是高祖的血亲，

因为爱入骨髓，

因为爱到疼痛，

三生不悔，

追随至今，

爱他所爱之人的一切。

此刻，

她的泪水从我的眼里流出，

我挽起她的臂膀，

有很多话说。

说不出，说不出哦……

我想问一句，

那个替我撑羊皮筏子的人，是谁？

没问，不问！

用生命包裹的尊严不能为此消殒……

祖姑奶却回答了我：

"你那高祖的自信又正确了，对不？"

她说，那撑篙点水的是一条汉子，

从此，隐儿无梦。

在那个黄河被泪水染红的深沉的夜里，

两个不在一个界面的阴阳隔代人，说起了悄悄话。

她说，爱到骨髓，星星会陨落。

她说，高祖告诉她好好教导我如何学做女人，
一定教我学会唱羞涩的歌赋。
祖姑奶讪笑着说,那样的人也犯自以为是的毛病。
　　只有优秀的男人才会教女人唱好羞涩的歌赋。
铭心刻骨的爱，让祖姑奶懂得了女人。
在子夜钟声敲响之前，
祖姑奶必须通过阴阳道口。
我几乎记不起她的离开，
只记得她的话，
她说她见到了聂天梓——我的前身隐儿，
隐儿盟了誓言，她不做聂天梓，她永远是隐儿，
她正在苦苦地寻找，寻找她的那副怀抱……
我不知我将如何躲过罪孽，
我无法不做隐儿！
我的心里只有那个我不认识的撑篙点水的陌生人，
我的眼睛只能盯着那只不断向佛龛冲去的惊天
　　动地的虫子。
天幕越来越低，
夜已深沉，
一条黄河从此变成红色。
突然，
寺院里传来子夜的钟声，
还有，
一双黑色的眼睛，

望着黑色的夜空，

黑色的星星。

59

有人在唱歌，

我听见有人在唱歌。

不是在小树林里唱歌。

在夕照余晖中，渴望唱出世人炽热的激情。

我俯视这条昼夜不息的河，

是想从神圣的恐惧中走出，

还是想从梦境深处走过？

无意中，

已经向谁告别了吗？

欲说还休，欲说还休。

即使用玫瑰的语言，也难于出口。

眼泪滴在彷徨的十字路口，

并不是一首古老的歌。

无法看见歌者的脸，

祖姑奶说他叫罗文，

撑篙点水的那条汉子。

哦，

是他？

拨弄掉阖生命的那些阴影和梦想。

他是未来的歌者，

月亮只是一个去处……

我背过脸去，

听不清殿宇里的钟声。

60

此时此刻，

在。

无昼无夜，

无宿无眠，

无腑脏之病，

没有饥寒之苦。

"窗前谁种芭蕉树？……叶叶心心，舒卷有余
　情。"

河面谁移鸣沙山？音满长河，音满长河。管弦
　丝竹，黄涛写情怀。

不必细瞧，便知提枪披挂者，是撑篙点水者罗文。

隐秘的欢乐，

相遇的灵魂擦掉了过往的缺失。

眼角处的豪气刻下永恒的面庞，

美到极致的嘴廓，

蓄满炽热的人间激情，

涂上渴望说出的事物。

舞台上，

是他望着我，

还是我望着他，

有一个声音从天上来，

还你春天里的月光。

"不是每一个人都在春天里享受到月光。"

神谕！

是大河的呜咽之语，

还是什么人的哭声？

山河崩裂，骨髓断层，

痼疾，无可避开的痼痴是上苍的奖赏。

神的眷顾，

你得了难以医治的顽症。

轻风吹拂时，

鸣沙山像丝绸一样柔软，

如少女一般娴静。

缪斯女神把鸣沙山塑成精致的舞台，

罗文细辨他生活隐秘的阴影，

神明没有删除那份唯美，

不论这舞台如何移动位置和角度，

镜子已经安放在心里，

没办法不留下晚霞和朝霞的秘密，

甚至遭受海难的羞辱。

得病以后，

我不止一次地问自己，

一切都有终结？

该向谁告别？

还好，

这条奔流不息的大河，

能装下泪水。

61

"今夜可是良宵？月朗风凉。"

在那只羊皮筏子上，

我听到祖姑奶莲蒂和罗文在说话。

隐隐约约，

时断时续。

"去过星宿海？"

"没去过。"罗文点水的声音很轻，他始终是
　望着那轮月亮的。

叹气声也很轻，

祖姑奶莲蒂和我一样，应该都有无限的感慨。

"不过，我好像在那里住过。"

祖姑奶的笑声随着波浪前行。

我，罗文，连同那条河流，

都在静静地听着，

听祖姑奶莲蒂讲着一个久远的故事：

星宿海地势很高，

有一个威武的男子，

要为自己的女人寻求一根华美的孔雀翎羽，

踏进深山，迟迟未归。

女人在寻夫的途中倒下了。

历经千难万险的男人得了美丽的翎羽，

同时也得到了死讯。

含着悲痛殉情而去，

他的泪水化作星宿海，留在世间。

……

大河顿失涛声，

光影离合，

是谁让月亮隐去了呢？

撑船点水时飘出歌声：

"因果不易。"

朦胧中的雕像显出伟岸，

憧憧山影里隐藏着不尽的奥秘。

都说不出任何的话，

我的眼泪从他眼里经过，滴在无边的河里。

62

"隐儿！隐儿！"

呼唤千千遍，

应该听见。

我自己也不可捉摸那颗隐秘的心，

为何做了一个羡慕死者的人。

我沿着右手的方向走进拉毛当支 ① 一家刚刚搭
建的帐篷，

看了一眼那穿着古铜色衣服的汉子，

默默地走出来，

离开黄河去寻传说中的白河——

大地母亲的另一个儿子。

都说山长山又断，

忘了辞行，

更无从知晓"酒盏深和浅"。

纵使有音书，

罗衣湿，方寸乱，无处凭鸿雁。

一时间竟也忘了脚下地，

到底是白河还是黑河，

叮叮当当的声音，

帐篷里敲打生活的交响曲，

难以道出永恒的事物。

白河水清清，

过去流向未来。

空怀缅想，

无法避开遗忘流向遗忘。

---

① 藏族人家的名字。

只听得声声空使行人肠断，

为何生出个不喜欢？

千百载穿越的智者，

祖姑奶追到草地边缘，

"隐儿，为何又逆高祖？"

祖姑奶手上捧了一块支机石，

说是织女赐予张骞。

高祖苦心，隐儿之心难以慰藉，还是罗文不好？

我本想说原本不知要受如此委屈，

遭气遭苦说不出，

还要千百倍地把族中美善送到超记忆的彼岸。

不该别了天梓之魂做了隐儿的肉身，

推掉了男人的使命，

没有驶向柔情，

未见温柔乡蕴在梦的境界。

我跪在班佑寺遗址虔诚祷求，

扑在祖姑奶怀里痛哭失声。

祖姑奶连声说懂得，可说什么也不明白，

为何离了罗文又这般痛断肝肠。

白河，黑河，

还有那叮叮当当的交响曲，

长河，不可捉摸。

63

我几乎用难以记数的时间，

用血肉之躯非有意地为自己筑起这块碑，

现在，有什么人在用这块碑纪念遗忘吗？

恍惚记得，有一个伟大的人物是那么喜欢这个

　词——遗忘，

很少有人明白，

还是所有人都懂得，

　"夜晚本身也将消失踪影。"

隐在这片黄的紫的花中，

在六月雪的覆盖下，

混在过节的人群里，

闻到了青稞酒的香气，

享受着热烈虔诚，

下意识地寻找，

希望罗文也在这里吗？

梦境里，

他在捡拾碗口大的野生蘑菇，

还不时地望着玛多大桥。

他像是在积蓄体能，

准备继续自己的行程。

不，

他痴痴地看着那位男傧相把青稞摆成吉祥如意图，

引新郎完成用酒祭天的仪式。

我也想坐在白度母佛像前用手指挥酒祭天。

草原鲜花盛开，

赛马，赛牦牛，婚礼进入高潮。

我知道，

这里没有罗文，

想象着梦已成空。

凝目处，

原上春水醉醒中。

离怀别苦，欲说还休。

怎见得，前身隐儿轻驾兰州，

划船荡桨又似聂家子孙天梓，

对，做了天梓隐儿雌雄共体。

月满草原，天梓隐儿依然茫顾四周，不尽地寻望，

我悄悄也是匆匆，

快些挤进卖药材的攒动的人群里，

不再凝目，不依危栏，

眉头心头不添新愁。

我有心随着穿盛装的妇女们游牧果洛草原，

又怕存不下一个罗文的梦际魂痕。

歌声起，

猎人为土拨鼠巧设机关，

半米神鹰秃鹫无法辨明时间的迷宫，

多情俊才罗文，

一时间难解我浪迹天涯的心结。

太多的遗憾太多的不舍，

无计可消，

"才下眉头，却上心头。"

64

竟有这样的事情，

一个人同时在三个地方三个时间过年？

黄河龙门。

幻游症，精神分裂症，

都不是。

可以确定，我没有受到人身鸟足的女妖的引诱，

塞壬只吸引航海的男人，

现在的我不是聂天梓，

我是女人，我是隐儿。

突然，有歌声传过来，

我看见了娇小的沙雁，

它们在黄河沙土崖壁挖洞筑巢，

偶尔回头看一眼闪着粉红色光泽的水波，

瞅着黄河落叶，

雕刻着虚幻的沉寂，

也许，

它还记得以往的两个除夕，

记得心醉神迷的我，

流尽最后一滴血，

效仿了夜莺。

我轻轻地摇头，

沙雁，

这里可以做依存的归宿，

不必滋生使你燃烧的童话。

如果你还想留我在这里一起唱歌，

那你得稍稍等候，

让我去寻一寻，

寻一寻那个"喜欢嘲笑的、激情和悲哀的海涅"，

看他有没有勇气，把胸口贴在玫瑰树的刺上，

为你染红一朵玫瑰。

沙雁叫了一声，

朝大梯子崖壁飞去，

大河依然黄涛滚滚一泻千里。

"喂——"

一个叫薛刚的人在叫我，

约我坐上他的车再去看那位离岗一年多的水文
　　站的站长……

这是哪里？

我在哪里？

这里是山西河津，

黄河峡谷出口，

这里河宽不足四十米……

"记忆是空虚的镜子。"

前年，去年，今年，

我都在这里过除夕？

我不是航海人，

我没有受到塞壬的诱惑。

这昼夜不息的河水，

这充满诱惑的歌声，

这抹不掉的沉积，

为何让我在不同时空又同时来到龙门，来龙门

　度除夕，

还有那个水文站的站长薛刚是什么人？

亦真亦幻，

我遇见了谁的灵魂？

这是神谕？

哼，嗯……

我一遍遍地呼喊祖姑奶搭救，

不要再让高祖设置魔障，

在爱情中燃烧的人，

会在歌声中死去。

65

荷马没有死。

《追忆似水年华》《城堡》《小径分岔的花园》……

是见证。

飞旋着，

在黄河壶口瀑布的南岸逮到罗文的时候，我的
　　眼睛花了。

先知，我看见了先知?

不是先知，他是罗文。

他望着黄河北岸，那菊花状的翻卷着的黄白色
　　的瀑布，

其实，他正在酝酿一场伟大的抒情，

不，

他想将黄河水提纯，

他在营造田圃孕育水露充盈的玫瑰……

不过，他悬在头上，不，挂在琼阁上的那把红伞，

我倒着实感了兴趣。

也许，我正在误判那是给我准备的……

我不再觉得委屈，

挂在睫毛上的不是泪水，是黄河瀑布的飞沫!

我把此时的一句话托瀑布捎给坐在罗文身后很
　　远的，紧盯着北岸，在山西境内看瀑布的人

群中的祖姑奶莲蒂，

"你和高祖这场让我由聂天梓成为隐儿的意义，
明白了！"

又望了一下坐在瀑布近旁的罗文，

对他有了新的一层理解，

梦中，荷马在瞬间滴在他发际上的涎水，

让他抬眼时眼睑染了一丝先知的角质，

他如我一样，

一直在灵魂的空影里捉迷藏，

离先知的智慧，离先知的提醒越来越远。

宁愿再远些，

也不想，也不必把最该提醒的话从我嘴里说出去。

因为他是爱我的，

我也一样。

壶口瀑布靠南岸的景致很特别，

气势磅礴的水浪猛然冲下来，砸下去，又从地
  壳深处翻卷出来，向上向左向右喷薄着……

轰响，轰鸣，

腾旋着蒸馒头一般的热气，

转头向前时，把水沫蒙在我的头发上，

任它飞溅，

任它由水汽凝成水珠。

"一盏灯火，无谓喜忧，皆是豆蔻的替身。

许人安然，必含在倾诉之中。"

我停住了脚步，不去乞求不去聆听祖姑奶的只
　言片语，
不去面对罗文的睿哲的眼神，
都不是先知。
都是受伤的孩子，
把自己看得太重，
翅翼上擦不掉的骄傲，
因为涉世太深，
因为孤独太深。

66

黄河壶口南岸有一条铁链蜿蜒着，
太阳抽身之后的西天最为斑斓。
黄河壶口岸边是否还有别的人影和脚印，
跟我没有一丝牵连。
我用手指在沙滩上划过，
　"隐儿，告诉爸爸，这花什么颜色啊？"
　"血的颜色哦……"
隐儿侧过脸，倚住爸爸的肩头，
爸爸流泪时，隐儿笑了。
直起腰时，
祖姑奶莲蒂在读我的这篇微小说。
心事太重，

忘记了今天除夕夜里的灯火，

也无从说起问候感念的话。

祖姑奶早已习惯，

只是神明还不习惯解决这些欢少悲多的问题。

我们坐下来，

背依着背，

互相支撑还是想彼此少些寒冷?

夜幕低垂，

梦幻中我伸过手去，

我是想摸一摸，摸出她的容貌，

还是想废除玫瑰般的语言，

挥去虚假的表象。

真想知道手和棋子和棋艺之间的关系。

祖姑奶是何等的人呀，

她轻轻地握了握我在梦中伸过去的手，

她知道那只手是在寻找罗文，

她用手抚平沙滩上的土，

她不想让我感觉床铺的寒冷。

她见过我梦中的梦，

她突然大声地喊:

"虎年，今年虎年，虎在不断地改变形状，可
  以叫爱，可以叫憎……

放弃吧，结束吧!"

祖姑奶将我拥在怀里，

天地间早已沉默和宁静，这次来壶口，黄河结冻。

我捂住胸口，

不愿因疼痛而改变任何，

我对祖姑奶说，我有了角色，我是个讲了角色
　故事的人，女儿，妹妹，母亲……

有一个角色才刚刚获得，不愿丢弃——情人。

67

这个晚上，月亮仿佛在沉思，

记忆和遗忘的能力都在努力集结着一个转瞬即
　逝的梦。

罗文执意要为我去撑羊皮筏子，

我说今晚是个例外，

我要自己来占卜我的命运。

罗文把我送到岸边，

他像绅士，用贵族的仪式拥抱了我，

似乎有着某种神秘的味道，

似乎像晚香玉一样精致，

我沉默着，

在他胸前沉默着。

等他转过身，

渐渐远去，

黑色的山黑色的星向我涌来。

我用眼睛快速翻动用线条组成的六十四卦，

手里不断地转动着模糊的球体，

我是那样地喜欢深沉的玫瑰。

我以为我一切都很从容，

我以为我一切都准备好了，

可就在我微闭双眼的时候，

我看到我自己，我从前的自己——那个绸缎庄

老板，我的高祖聂晋宇器重的聂天梓……

天梓他穿了绛红色的绸西装,西裤也是绛红色的。

气派，优雅，美到骨髓。

似乎，他向我走来，

我会爱上我自己吗?

天梓，天梓的颜色像月亮那么金灿，

他和高祖并肩走向一个隐秘的花园，

聂天梓不止一个，

我也复原为聂天梓，

像是呈现在我从前的梦中的镜子里，

像是呈现在未来的拐角里，

让我透不过气来。

音乐从朦胧的殿堂那边传过来，

我看到了凤凰的缈远的侧影，

闻到了檀香的馥郁。

这是涅槃的序幕还是涅槃的开始?

此刻，聂天梓向我走来，

有人从我的心脏里取出闪烁的光体，

在我的膻中穴轻轻滚动而直冲百会穴飞上天空。

"隐儿，隐儿！"

罗文捧了山泉在崖壁间翻飞……

后来，再后来，我见天梓成为双体，那便是我

　　真正的前身——天梓隐儿。

欣慰和嫉妒融成火焰在羊皮筏子上燃起，

白色的光从远处飘过来，挥舞光罩的人是罗文，

罗文越来越用力，

光罩越来越大，

罗文靠近岸边时，

羊皮筏子动了，

我的肚腹剧烈疼痛，

天梓剖开我的肚腹，在他臂上的那个隐儿挥着

　　聂记白绸帕，擦着从我肚腹里汩汩而出的血。

疼痛，疼痛让我身子扭曲，

羊皮筏子在我的挣扎中被驱动，

关于滴血前行，

关于天梓以及天梓隐儿应该是生命消失前的幻觉，

这是一场空前胜利的自杀。

我是死亡的施予者，

我是死亡的接受者。

空中鼓乐声声，

云雾缭绕的梦魇把我送到深一层的梦中。

疼痛，所有的疼痛消失了……

想告诉罗文，从此我不再疼痛。

但是，我已经失去了这一层更深的倾诉交流，

不过，我没有侮辱这个不眠之夜。

檀香木在燃烧中愈发芳香，

凤凰在交颈嘶鸣中愈发妖冶愈发令人震撼！

接受者和施予者依卧着的羊皮筏子平稳地匀速
　　向前驶去，

死亡者用灰色的搏动撑篙点水，

隐儿用死亡的尾声唱着羞涩的歌赋。

68

渐行渐远，

放逐自己，痛快淋漓。

流淌着的自己的鲜血，

曲动着的神圣的怀抱，

还有那烫金的红蜡烛，

感谢上苍酝酿的这一场抒情，这一个妖冶的洞房，

我是怎样地感谢啊！

渐行渐远，

两岸苍山不断挤压，

把两个字镶上了金边，

——牵挂，怎样的牵挂！

不仅是该牵挂的角色，

还有那来自关于早晨关于傍晚的对话，

还有那留在窗前的思念和深夜里的曲谱。

花在河水的流淌里飘零，

血在恋人的迷茫中淋漓。

为什么挥不去京剧生角的那副披挂，

不是因为美，

因为掩不住的风流。

我想对他说，

是该祭河，也该祭江，更该祭奠一场轰轰烈烈
　　的真诚。

属于我修行的路，

属于我的幻想之途还很长，

要努力，不论是谁，

用努力减少我黄昏时分的牵挂和迷惘。

一整天，

罗文坐在大河的岸边，

京剧《祭江》为我送行。

"闻听得白帝城皇叔送命，到江边去祭奠好不
　　伤情……"

唱腔韵味，只是让我听出绵长。

我知道，

大概，我永远是耽于幻想的孩子，

我想告诉罗文，

寻找是自己给自己留下的永远没有偿付的账单，

等待也是自己唱给自己的浪漫曲调。

此时，没风，羊皮筏子行驶得很慢。

我对自己说，

不必牵挂，那只是越沉越深的单向皮影。

那沉默的能负载一切的长河，

那变幻的山脉还有草地上妖冶的花，

会助他成长。

失血太多，

不，幻想太多，

罗文的水袖挡住了光线的刺激，

绵长的歌腔催我睡去，

我在梦中听到了属于人的爱或者对话，

朦胧中像是晃过巨人的影子，

没有风车。

只是，

关于牵挂关于思念的歌声让我惶恐……

69

红色的光铺满河头。

太阳不断聚焦不断转动，将红色的光柱投在舞
台上。

光柱下是一个肢体被驱动着，细小然而线条十
　分鲜明的生物呈奔跑状态。

如果是幻觉，

连获得这个幻觉的主体都不复存在，

如果是征兆，

诗人已死，神也没了影子。

细细的腿，

细细的胳膊，

带着苦恼和恳求的脸庞，向前奔跑，

他在奔向他的陌生——故乡。

奔向一个境界吗？

看见另一个人的梦了吗？

决意成为诗人吗？

这个把原始的根扎在泥土里的生灵在全力奔跑。

我的前身聂天梓就跟在他的后面，

他听得见一个伟大的回声，

虽然浪迹天涯，

此刻，他扪心自问，

有没有能力辨清时间的迷宫。

那个奔跑的生灵，

表现出空前的聪明，

也许，过于疲惫，

他被叶片绊倒，

倒在一个小女孩的身上，

小女孩正在埋下一片树叶，

盼着它长成参天大树，

目标使他还是忽略了这份稚嫩，

如同看见小虫子千百次向佛龛冲锋一样，

他忘记了将自以为是的睡衣烧毁，

就此蜕去卑微。

是什么把遥远压缩成咫尺，

忽听天梓在安慰我，

也许，还有可能，

我们身上的另一个自己都能教会自己，我确信！

此刻，天梓好像正对自己说，

也许，

我们的隐儿正在受难，

正在诵经坐禅，

正在受难啊！

因为，隐儿还在惦着罗文，她的灵魂的空影还
　　跟在那个生灵的后面奔跑，希望他蜕去卑微
　　　成为真正的智者。

我是多么希望，

此时此刻能看到隐儿，看见再一次蜕变前的隐儿！

隐儿，我不能再生执念，再有奢念。

我，我去隐儿最想去的地方，

去做隐儿最想做的事情，

那就追随奔跑着的生灵，

希望他烧毁晨衣，

做一只向神龛千百次冲锋的虫子。

我相信天梓的话，

我们身上的另一个自己能教会自己。

也许，再相见，

隐儿成为她自己的另一个自己。

一个人把奢念，

把藏在心中一隅的真挚变成奢念的时候，

便有了自己的敌人。

为此所受的苦难，

是谁，

都得偿还。

隐儿正在偿还，

正在自己灵魂的空洞里挣扎。

天梓是在卡日曲的神泉旁追到罗文的。

此时，他昏昏沉沉地睡着。

应该说，是他判断有误，

他以为隐儿应该在适合自己沉睡的地方做另一

　　种梦。

也许，他也如我，希望听到她此刻的只言片语，

如果能听到，

那将是另一种升华。

罗文醒来时，他们被警察驱赶，

他们便去了果洛草原，

从卖药材的牧民手里买了草药让罗文用过。

罗文的聪慧让天梓觉得相见恨晚，

他一下子明白了隐儿的苦意，也可谓此生无憾，

也可谓洞见了活着的另一个自己。

后来，便攀谈起来。

天梓说："我曾做过她生命的以前，

我绝不会轻视她生命蜕变中发出的刹那间的光芒。

罗文，不必探究，不必寻找！"

确信，她在受难，她在燃烧。

如果有爱念，

我们只能缅怀，只能忏悔……

望着大河流去的东方，

天梓像是自语：

"因为真挚纯良，

从她身上，我看到过原始，窥见过愚笨，一不
　　小心，被另一个不是自己的自己无意间耍弄，

只有她才配得上这份神明的恩赐。"

我劝过高祖，不要再过度宠爱。

不该让她离身离世去移身异世做什么女人，可
　　是，她硬是要像聂家大院里的女人一样享受娇
　　　宠，去唱羞涩的歌赋。

我只能退回底处，去看生命初始的一幕，

看着她在沙漠里滚动，

生成，毁灭，

生成，死去，

为等天上的雨滴，为积存适当的湿度，

她只能碰坏脚爪烧灼自己。

当然，我也不止一次地见她将自己绽成绿色玫
　瑰，成为唯一的娇美。

她总是想重逢生命中的另一个自己。

就在刚才，

我仿佛还听见她的唱腔：

"青天教我把阳还。"

她对我的恩惠，是我洞见过她身上原始似乎愚
　笨的闪现，

使我在梦中看见她的梦想，

因此,后来的我才没用千百倍的自残来弥补过失。

她用自己的灼痛降低所爱之人存在的成本，

"罗文，你把这当成我梦过的梦，或者这是一
　个宗族收买的良知。"

罗文眯眼看太阳，很快低下头。

真诚是太阳底下耀眼的钻石，

不该辜负一个伟大回声。

天梓说涅槃是隐儿无穷尽的追求，

我们可以避开自己的荣誉。

70

在那个有神灵的夜晚，

罗文谢绝了陪同，

也不顾心灵的回声，

他岿然独行，

到了隐儿出发的地方——老牛湾。

他并没有急于寻找崖壁上的石棺，

想有幸会一会那个叫聂晋宇的人物，

这个人，

几乎有隐儿痕迹的地方就有他，

不知在什么地方在什么时间，他读过一本叫《红
  记》①的书，

只是随意地翻，

便记住了这名字，

书里应该汇集了他轰轰烈烈的英雄业绩，

又听聂天梓一遍遍说起，

苍烟云树一般，

不再把他当成风车的一个梦。

隐儿的寻梦似乎也与这位高祖有关。

隐儿说，

这次从老牛湾出发，

①刘景侠与李直合著的小说。

也是受到这个人物的激发。

罗文顺北面崖壁攀爬，

没有丝毫痕迹。

这个花园里生出的是荒唐的玫瑰！

不可名状终是梦魇。

心胸阻塞也许是爱得太深。

他知道此次前来肩负着自己命名的使命。

他斜对着石棺坐在石棺下一阶的空窟穴里，

也许暗夜的一声狼啸虎鸣会让他失身掉下悬崖，

　　葬身鱼腹……

恐惧和疑虑早已是昨天的事，

现在，

他进行的是另一场关于"哥德巴赫猜想"的战争。

下面，

罗文按着他自己设好的路线和程序，开始用发

　　问的方式来论证有关属于伦理、属于道德、

　　　　属于民族文化的若干问题。

前提为，他认定隐儿躺在石棺里并且能回答他

　　的问题：

"隐儿，我是罗文。"

"嗯。"

"你立志一定将爱情这场事业进行到底是吗？"

"是。"

"关于爱情的审美有何标准？"

"男性，男人，手里有把红伞。"

"嗯。"

"如父如兄。"

"年长可为兄,首婚无子如何懂得父之情怀？"

"那就被女人上过课或者……"

"啊，啊哈，啊？"

"尚在婚姻中？"

"与爱情无关。"

"需要与妻子离异？"

"为人夫为人父的义务不可不尽……"

"你可表达真实意思吗？"

"可以。"

"我想娶到你！"

"嗯！不过，这要给我时间，等我涅槃以后，
看另一个隐儿的真实意思。"

罗文沉寂，他捂着胸口，

数着全部往日，

一切感到陌生同时无比震惊。

他觉得自己好像亏待了谁，

仿佛觉得是自己害了隐儿。

隐儿大声地说：

"不存在谁害了谁，

不再疼痛，就是躲过一劫，

我希望这一次移身异世，

我能变成其他生物体，

只会品快乐，不会有苦恼，更不会觉得疼痛，

而且我能讲述曾经独属我的秘密，

而且申请技术专利，

根治人身上那种'非病酒'的痛，那种痛属于
　　不死的癌症。"

在罗文看来，隐儿一直豁达，

她从不会这样表达。

罗文打开石棺，

躺进去才发现，

石棺是空的，也许是给他预留的。

71

天梓，你尾随而至我是知道的，

罗文没有同来我也明白，

但在我的感觉里，他和你一样也坐在山脉中部
　　的骨脊上，

虽然你们想说的是一些不同的话，

但我要回的是说出来一样可你们听到的绝不一
　　样的话。

天梓，你想问我这一次为何如此踟蹰不前，

即使你不问我也准备向你诉说。

之所以，我把船泊在汾河水库，

这里风景好，

这里不是流动的江河，而是把水集中起来的湖泊。

虽然为黄河第二大支流，

但这里的水清澈洁美，

和你们脚下的吕梁山相对相望，孕成阳刚阴柔
　　之美。

天梓，今天你不连体也是天梓隐儿，你是阳刚
　　的也是阴柔的。

今天，我有很多的话说出来，说给你，

至于罗文有没有可能听去，

你都明白，我想把这些话说出来，

说给你，

也说给他。

我无数次读那本天道之书，

也无数次地编演着一个寓言，

深夜里，我无数次记数着凄楚的钟声，

但是，我没想到难忍的疼痛是如此无法形容。

像树叶的脉络一样，

走向分明，

难以想象，这枚象征民族文明史的树叶是如此
　　地辉煌，如此地让人难以忘怀。

天赐荣耀，天机又难以知晓，

天梓，

建筑永生之城的人一时难以习惯永生。

罗文说为笔墨之缘，

不尽然。

天梓，

这一次迂回不前，

不舍，也有牵挂。

不舍其美善，牵挂他阴晴不定的情绪。

天梓，很久很久以后，

你痴迷于和罗文吟诗作赋时，

在空寂的黄昏里，

别忘了帮我推敲词语手法和诗句。

因为总是不信生命的有限期至，

我才一变再变不断切割不断死去，

这一别再见，能读出前缘，

恐怕面目皆非彼此相识也难以表达。

天梓完全听明白了我的话，

他说为你能有开天辟地第一次的疼痛而举起葡
　　萄酒杯，

千万别告诉自己拥抱的男人是亚当。

"后会自当有期！"

我荡起桨，

我没有回过头去。

"旧时天气旧时衣。只有情怀、不似旧家时。"

以为是自己在吟唱，

侧面相望，

却原来罗文在那厢……

72

走向归宿，

又迟疑了一天。

也许出于无意，我曾做错过很多事，

哪位神要拉长行途的里程让我再多受熬煎。

长睡中睁眼，

梦幻用七色绸将我周身缠绕。

我梦见鸣沙山笛声悠扬，

我梦见叫罗文的人疯话缠绵，

我梦见他化为自己从梦中偷看我的梦，

我梦见我对他的确信和他对我的怀疑，

我梦见突破我超越系统控制被电网缠住，

烧焦后微笑时难以想象的痛苦……

确实，

有笛音，有琴声。

从虚的山顶，

我看见了藏在我心底的神圣之地。

无论如何，

即使推倒一座庙，

任你是谁也无法拆除心中的圣殿。

他知我远行，

我不想再存放眷恋情意。

不必说永恒的物种，

免得时光留下的幻象堆叠成新的迷宫。

活着，谁都不易，

虽然谁都曾经预设过希望，

在那缥缈的黄昏。

或许，

不该怀疑惠特曼的高歌，

可是，

万般世事中你会误捡诗的沙漏。

　"不必呜咽，泪浸的爱情只不过多了一场孤独
　　的幽梦，见到大海时你自然感到富有。"

确定，这是一场辞行，

月色太朦胧，

没见到他的身形，

他的声音在他的灵魂中穿行。

我无法确定我们是否看见了对方，

他是否瞩望过月亮?

他说在认识之前他就死了，

但从没想过自己被人提及，多次提及。

在他准备投生以前，

他盟过誓言，

如果可能成为对手则互相尊重，

如果成为朋友便互相爱慕。

鸣沙山，笛音缭绕，

山石间，歌腔缠绵。

"看今日昭君出塞，

几日似苏武还乡？"

晚风轻拂，送走的不是唱腔，

而是琼阁娥宫里的风流扮相。

73

太阳在那个凹下去的美上燃烧，

把如落霞一样的光景染在河面上。

投在河面上的黑色斑块像在起飞的鸟，

可以拟制成这样的图景：

"落霞与孤鹜齐飞"。

此时，

此刻，

明明是朝阳的羞涩……

已经见证。

我凝注着另一种景致——

陕西渭南市大荔县的黄河滩头。

我准备忘掉自己，

我不是太阳月亮的奴仆，

我由数不清的孤独的瞬间构成，

我是不停流逝的光明。

虽然不舍不情愿,

避开罗文,避开了天梓,避开高祖和祖姑奶莲蒂,

来到万亩莲花圣地,

这应该是罗文的精神故地,

这里荡漾着醉人的美景。

无论如何,

我不想在漫无边际的暗夜里,

邂逅那双闪烁的眼睛。

滩头那闪烁的白花,

应该不是洛阳孟津区会盟镇的万亩荷塘。

千万别逢上这里的荷花节,

别听到另一个人的哭声,

更别在那人流熙攘的人群中看到罗文。

我手中无剑,

我从不愧对,

我无法估量机缘巧合,

我不能在路上再耽搁,

阴阳时辰既已算好,

天意难违,

儿女缠绵,

只能终端相见。

但愿罗文不要耍闹小情绪,

即使擦肩而过,

也不要接受他的诗,更不能把诗献给他。

微风里，

我好像瞥了那生角的披挂，

碰疼心肺也要扮上冷漠脸相，

虽用不上刀光剑影，

也要斗狠前行，

赶紧奔赴该奔赴的地方，

去安置灵棚，去布置洞房。

74

在离预定目标越来越近的时候，

我放慢脚步，

或者说停下来。

不是惦记不是牵挂不是不舍。

我知道他在哪儿。

我把天梓留给我的白绸帕和白绸帕包着的金翅
　　簪放在面前。

记得当时他的表情特别严肃，

他说高祖嘱咐他一定要把金翅簪交还我。

此时，傍晚的夕阳无比辉煌，

它是永远的梦想，

我要把这个流传很久的故事交给罗文。

我摸索着时光的痕迹去找那座绵亘的山峦，

确信他还在那里演练那婉约的歌腔。

我想把这用聂氏白绸帕包了的金翅簪交到他的
　手上，
假如，一切如人所愿，
罗文会把它戴在我的头上。
鸣沙山上像是有各种乐声，
一切如梦中所见，
罗文在点数沙丘，
在指挥乐团。
他好像看见了我，
我仿佛听他在说：
"昨晚我收到金翅簪。"
我一定像绅士那样举起那枚金翅簪，
这是我全部过去和全部将来的每一瞬间。
其实，我早已经离开鸣沙山，
我在开封府门的前面，
看着浑黄的一片水，
把梦境衍化成另一个梦，
击鼓声。
于是我醒了。

75

祖姑奶说她已出白马寺，
在神州牡丹园等我。

我还是离开小浪底工程 ①。

见祖姑奶在园中凝目，

知我来，她收起愁容。

她说，虽然早晚都注定成为遗忘的梦，

可我们聚在这儿

品品这一缕缕香气，意味必有不同。

隐儿，

牡丹不再盛开，

琴弦未消寂。

明天终端相见，

你是想重新考稽伴生伴死之梦的虚实，

还是书写诗句另有所梦？

望着残留在园中的开放寂去两不知的花朵，

我想对她说，凝望是为了被忘却。

突然想起一双唇廓，

我微笑，

笑到含蓄笑到温柔笑出风流，

不去擦眼泪，

直到哭出声来，

我才把彩虹般的诗笺交到祖姑奶的手上。

夜幕神秘，

微茫中只剩一点，

---

① 是位于洛阳以北四十公里的黄河干流上的一座集减淤、防
洪、防凌、供水灌溉、发电等为一体的大型综合性水利工程。

他正在凝目。

有一朵花在无知的水中飘零。

他把已知藏在轮廓分明的唇内，

风流，

阳刚阴柔。

化身豆蔻终未说出一个"生命中不能承受之轻"。

祖姑奶心存疑惑说不出，

明天就终端相见，

牵手红床，

今日里为何托书传笺?

祖姑奶快速扫清非祥兆之毫不知晓，

道别时揽住我的肩头，凝望了再凝望，

说：

"一切都可以再谋筹。"

不，

我侧身别去时，心里咬定，

让他做那人世之上有勇气的男人。

76

丹顶鹤，成千上万只丹顶鹤旋成白色漩涡的时
  候，

七色挽联如彩虹一般悬挂于鹤体灵棚的棱棱角
  角。

神明把所有的昨天化作一场梦。

六百八十五种鸟类在国际机场滑行之后，

由司仪东方白鹳主持，刹那间换了红色羽毛组
　　成豪华的婚礼大厦。

"过去是现在随意捏塑的胶泥。"

中国东营——黄河入海口的婚葬盛礼徐徐揭开序幕。

黄河向星宿海连波注目，

带着从娘家卡日曲束上的洁白的礼服，在庄严
　　肃穆的哀乐的陪伴下甩掉黄袍走进了婚礼的殿堂。

或许，沧桑早已成为过去的声音，

她依偎在大海的怀抱唱起了羞涩的歌赋：

"九曲回肠，把经历的事，把神话，把热烈的
　　语言说给蔚蓝的大海，世界上心胸最开阔的
　　　新郎……"

黄河成了会红脸懂得娇羞温柔的新娘。

此刻，

黄河入海口的婚葬大礼处在神话的包围中。

当我被众亲族用虬车缓缓送至鹤体灵棚时，

乐队奏出的是国丧般哀伤的旋律。

我的发髻是一只伊朗的国鸟——夜莺，

夜莺见了站在鹤体灵棚前迎宾的高祖和祖姑奶
　　莲蒂，深深施礼时，我的心脏几乎停止了跳动，

就在这时，

夜莺扑向玫瑰树，

让尖刺刺向自己的胸膛，

白玫瑰变成红玫瑰做了我的披肩，

高祖把葡萄酒杯高高举起，

祖姑奶点酒祭天祭地，

正要把葡萄酒泼向我的脸的时候，

我发出了轻微的呻吟。

我听到一个人没完没了地读着一句我不懂的诗，

我希望这唱诗的小童快些结束，

迟了我就无法活过来，见不到罗文，做不了今
    天的新娘。

朦胧中我刚要喊"天梓救我"，

天梓这个八卦阴阳人向前迈了一步，

他立刻成了男女分体两个人，

男的叫聂天梓，是高祖聂晋宇的玄孙，

而那女孩则被祖姑奶牵手立在我身旁，

她是我的前身天梓隐儿。

我急切地想找到一面镜子看看消失了幻象的我。

这时，空中鼓乐齐鸣，

新郎罗文红绸衣装风流倜傥，

他像从飞机上跳伞刚刚落地，

他以少有的从容步态向我走来时，

汇集之后的黄河渤海这对新人携手迎接罗文，

浪头湿了罗文的头发，湿了罗文的脸。

祖姑奶拉过罗文的手，

那只夜莺用白绸帕蒙住了他的眼睛。

罗文好像早已坠入爱河与欢情，

任各位主持像摆布星宿一样经历着黑白交错的
　　变幻。

他闭着眼睛来到隐儿和天梓隐儿身边，

太慌乱还是过于情急，

一下捏住了做伴娘的天梓隐儿的手，

刹那间，

灵棚散乱拆变，

数不清的丹顶鹤簇成层层叠叠的屏幕，

一对新人入了洞房，

婚丧诸事落成。

高祖和祖姑奶莲蒂来到我身边时，

应该说作为生命体的我已经不复存在，

那只国鸟夜莺依偎着我身上的玫瑰，

它做了我的头，我们的名字叫作隐儿夜莺，从
　　此成了分别的符号。

我们在限定的终极上下盘旋，

看着天幕下的景观，

河海相拥，

新人成欢，

接过神明扔过来的乐谱，

我们唱起了错乱的歌："天数已定，这是最后
　　的机缘……"

夜莺隐儿，隐儿夜莺，
向天上人间的两对夫妻告别，
唱着歌去追逐着无法追回的夜晚。

 一夜雪沃

1

严格地说，

不是看到的，

是听到的。

我听到了狂热的激情，看到了一个人的唇廓。

她的嘴动得很快，

她不允许别人有任何质疑，

如果我也需要用一下象征，

留在微信空间里的语音像是光明劈开的伤口，

我喜欢但更害怕那些声音，

数一数，

101 个对话框，

不用说，

101 分钟……

我不知道这算不算隐喻的范本。

我调整了一下我在床上的依卧姿态，

调整了一下灵魂的位置。

主题是否渺小?

伤感时会不会哭泣?

以前，我流过泪。

这个女人的脸色变得苍白了吗？

虽然，我没有使用也不可能使用视频功能，

但是，我看见她了，

也听到了，

听到了一条泛着鸟鸣一般的涟漪的河流……

她早就收敛了灵魂的空影，

我分辨不了什么主题的大小，

只是不明白为何又从头开始了，

录音框，我第二次点开。

在记忆里，我咀嚼着哪句是双关，

其实，我的脑子已经开始想其他，

纠缠不清在不是她也是她表述的迷宫里。

抱抱她，

此时，不用看她的脸，毫无管控地抱一抱，那
　　应该是刚刚好，

理性没挤进来，

人性的本质，是这样。

猝不及防，愉快幸福就滑下去了……

记忆里，

我把这个妖冶的夜晚画在了彩笺上。

那是个女子的妖冶夜晚。

她是我没见到也没见过的妖冶的玫瑰，

神给了我妖冶的玫瑰，她给了我妖冶的夜晚，

我最大限度地为那妖冶的夜晚，填空着妖冶的
　内容。
一种潮湿的感觉给了我潮湿的声音，
我站在了窗前，
窗外，一片雪沃……
"经过冬天的枝条已经枯萎,夜空中,依旧摇曳,
依旧战栗……"
这是不是我看到的？不，是听到的。
但是，我看到了，也听到了，
一片雪沃，
一夜雪沃……

2

一棵干枯的向日葵，
在雪里。
我跟着灵魂走出去，
还是什么生灵在呼唤我。
站在雪里，
那棵干枯的向日葵动了一下，
边叶，碎了的叶儿掉下来了？
我在寻找吗？
此时，
我无法判断我的意识和行为，

只觉得那棵向日葵离我很近，

干黄色的，向日葵的脸依然执拗地向着东方。

我知道，

晨曦迫近，

橘红色的光正在酝酿新的美丽。

我想向前挪一挪脚，

我会看到我在雪地上的脚印，

我没看，

什么也没看，

只是听到一片苍翠的声音。

少有实词，

但是，实相，真相，一切的宇宙形式都很清晰。

深处雪沃中的我感到了温暖，

温暖。

来不及想有没有资格，

我已享受了一夜雪沃中的一夜温暖。

白色的陆地，

黑色的山丘，

泛着鸟鸣般的涟漪的河流。

我数了数，

像是，某种意义缘于宿命。

101，

又是 101 个话框，

怎么听完的，

点击几遍，

已经完全不重要。

抱一抱她，

远离生殖样式，

不抛弃冲动。

无法，也来不及去猜这沥沥衷肠。

心灵的世界是幽深的隧道，

心灵的路程是海上的魔幻。

一片雪沃，

一夜雪沃。

我仿佛依住在祭坛，

不，

她，

已经成了我的女人，

或者说五百年前的我的女人，

站在黎明和黑暗里注视着什么。

声音，

极度敏感，

我听到了声音。

也看到了，

细碎，

稀疏错杂的枝条上挑着的一串串被寒霜风雪塑
　　成的干花，

凝望的眼光足够完美。

102。

对话框又弹跳出一个，

那是我的声音，

"睡一会儿吧！"

这，是温暖。

望一望这茫茫的雪沃，

我在属于我的祈祷仪式里寻找着最直观的方式，

我确定，

无论如何，这个总是自己温暖自己的女人，

说什么也不会拒绝，也拒绝不了的温暖。

一片雪沃，

一夜雪沃。

也可能，

灵魂导我梦游，

要么，

是我走入了由声音组成的迷宫。

我在寻找出口的时候，

看见了以前、以后，昨天和现在。

第 103 块话框萦绕着雪沃，发出圣洁的声音，

声音在雪沃里弹跳，什么地方出了错，

从此，好像，我不会说话。

"在那纠缠不清的线团里，加上了又一场因果，

又一个伤心？"

这一串串塞窣着的被塑得十分完整的干果，
一片雪沃，
一夜雪沃，
陪伴神明望着我时，他们感觉到什么？

我的世界

1

一个正午，

一道彤彤的光铺满宇宙空间。

我在闪着金光的沙子堆里落草，

只有啼哭，没有世界，

我就是世界。

2

走出那条夜的隧道，

盘旋了很久，

我坐在那片礁石上，

久久地望着大海，

说浩瀚无边吗？

说缥缈无涯吗？

说星空、群山、碧波、潮流……

确切地说，

我久久地望着海的那一边

大海的狂怒让我收回了我的梦，

自然面前的渺小不得不生出一阵怅惘……

海水浸泡着我的脚,汹涌的波涛把我摔在礁石上,

海雾把我卷过了鲁滨孙漂流的那个孤岛,

但我并没有从迷离的梦境中醒来。

海的那一边,五彩纷呈,

让我忘了隧道拱顶的狰狞,忘记了昼夜分界时
  的光芒,

还有那粘在隧道空隙里的蝉的化石,

还有站在铲车上与蝉化石凝眸的一双眼睛,

所有的真实与不真实,

都随着波涛汹涌时依旧没有模糊的梦和我一起
  游到了海的那一边。

海水没有把我的梦摔碎。

那座华丽堂皇的宫殿依然还在,

住在宫殿里的神依然在向我招手,

我是他的侍从,

我不应该日夜流浪,更不必到处漂泊,

我应该去海的那一边,

我的世界在海的那一边,

我是神的侍从,

我的世界在海的那一边。

3

其实,

我依然在海的这一边，

我的脚下一片雪沃。

不，

不是雪沃

是雪飘雪融之后凝成的物像。

我低下头，

低下头看着脚下，什么也没有，没看到，

也许，我什么也没看。

时光陶冶的这么多年，说老实话，我什么也没看，

不愿意看差不多都一样又什么也不像的东西。

总是在想啊……

我为什么没有登上那条船，其实，我看见他了，

看见了奥德修斯，他是位英雄，

只是，他已结束了漂泊，要回到他的王国，回
    到王后的身边……

此刻，我很从容，

确定，我不是英雄，

我试图保持绅士风度，

我听到有人在为绅士歌唱，我为那曲谱填了
    词……

站在雪非雪冰非冰的晶莹的冰雕上，

不需要佩剑，不需要找一个贵夫人表白"我爱
    你，我要为你而战！"

塞万提斯笔下的堂吉诃德的喊声已经虚化成海
    底下的一片珊瑚石……

不，

我不再听到关于绅士的旋律。

也不见骑士的铠甲，

只有这片不是雪沃的雪沃，

只有这座视觉艺术空间里的晶莹的冰雕，

不，

不，

只有伴着涛声的脚下的白色，

对，白色，脚下，脚下的白色……

我的世界在脚下，

我的世界在洁白的脚下，是脚下的洁白。

4

抑或是抬起过头，

抑或是，

饥饿，痛苦，梦想，挣扎……

这片被大海侵蚀的陆地，

让我在圣洁的由语音构成的音网中看到了白色
    的穹隆——那是像白昼一般的命运。

歌声十分妖冶，

不必把自己绑在船舷上，

我不是追随亚哈捕白鲸的船员，

当然不会被塞壬的歌声诱惑，

可是，

我确实听到了歌声。

素纯的旋律里有哀婉，

有伤痛，

有凄迷之美，

不，

有不是歌唱的歌唱，

有不是诉说的诉说。

我不再听，也不再想。

白色的冰雕，

白色的雪沃，

浑浊的海水，

迷茫地一直向着远方的目光，

还有，

海浪推举着的木楼，

红裙曳地的少女，背绞着的双手里握着什么虚
　　幻的闪着光的颜色……

少年站在歌楼上，

风流和豪迈里流泻着天然的素性和如初的本色。

我被歌声带入深眠的梦里。

我的世界在立于海水访于窗前的梦里，

我的世界在她的梦里。

 隧道

1

一截隧道，

一条隧道，

无边无际，

宇宙存在的形式——

隧道。

隧道占领了整个视觉艺术的空间。

忘记了，

是哪个晨昏，

一群，

一片，

错落的，

清晰而拥挤的红色的人群，

拥进了隧道。

红衣，

红袍，

红裙，

红披风……

男女老少都是红服饰。

个子偏高，清瘦而且修长。

望着的，只是背影。

一群背影，

走得匆匆，

肃穆，神圣。

去赴一场圣会吗？

去奔一个早就预设好的目标吗？

去赶一场比生死更重要的仪式吗？

受到什么动因的驱使，

无法说清。

我也站在了那个隧道口。

很明显，

我的个子不够高，

幼稚的一个身形，

我的样子——

尾随。

神情迷离，略显彷徨。

我想看到哪个前行者的面庞，

但有一点，我敢确定，

前行者都很俊美，

品味和气质都是我喜欢的。

这么想，

前面，走在最前面的，缓缓地回身，转头，

在他后面的人群中寻找。

不敢确定，无法确定，他在寻找什么，为何寻找。

他的目光没有落在我的目光上。

邈远，

无法判断。

有一点，不必怀疑，

他时而前行，时而回身，

他在急切地寻找。

或许，前面的隧道有了尽头，

要么，该拐进另一条隧道，

将结束他的寻找。

那寻找的目光是否显出了焦灼？

后面的人脚步整齐，

身材突然矮了一截，

好像被什么人整过队形，

进入了另一方向的隧道。

身影暗淡，

前面的隧道变得愈发幽深，

光线愈发暗淡，

前行者的面庞变得模糊，

但那双眼睛突然闪光，

像探照灯一样，

扫过红色的人群，

也扫过我的头。

我的眼睛被刺痛，

无法再睁开，

前面的红色早已消失。

2

我睁开眼睛时，

应该是拐进了另一条隧道，

很窄的一条。

前面没有红色的人群，

连只猫狗都不见。

我猫下腰，

朝北面的石壁盯了一眼，

走过去，

用手指碰了碰拱壁上粗糙的缝隙，

攀着石缝的，是一只蛰伏的蝉，

我的指甲被撞破，

那只蝉纹丝没动。

我知道，

那是一只变成化石的蝉。

我的身子略略前倾，

想追悼点什么，

又无从说起，
这个应该是享受过神谕的一只蝉。
在这里与它相遇，
该是一种缘起，
几百年，
或许上千年，
因果？
因果不易。
当然，
我无法将自己变成人的化石，
与这蝉的化石塑在一起，
看看神的意思。

从隧道口的方向投过来一条亮光，
刹那间，
整个隧道变成了红色，
我的头几乎贴在了隧道的拱顶上，
和那蝉的翅翼粘在了一起。
扭头转身的一瞬，
窥见了披在我身上的红袍，
和涌入隧道的那一群红色一样。
只是，
我独自在这条窄隧道里，
我的眼睛看着的是那只蝉的眼睛，

深深地凝眸。
蝉的眼睛开始转动，
羽翅开始颤抖。
蝉离开拱顶的缝隙，
飞绕于我红袍的衣襟，迟迟不去。
我没有去抓它，
却害怕，
却担心。
担心它离开我的红袍，
再重新飞回拱顶，
变成一只蝉的化石。
隧道拱顶的灰渣炸碎，下落，
我被灰渣迷了眼眸，
我倒在隧道深处。

一种声音震耳欲聋，
"前进，前进！"
猛抬头，见红色潮水涌进来，
像涌进隧道的人群。
红色的水头是两只红色的眼睛，
是那不断回头寻找的两只眼睛吗？
恐惧，
也好奇，
我几乎断定，
我是他寻找的目标。

当我向那红色的眼睛移动目光的时候，
拱顶上的那只化石蝉的眼睛也动了，
它用羽翅粘住了我的发根，
红色的人流以不规则的阵势向我拥来，
欲将我冲碎。
当我整个躯壳即将被那片由红变浊的河流淹没
    的时候，
我发现，
原本停在隧道里的一辆挖掘机驶过来，
一个巨大的车铲将我连根铲去，
我坐在那辆巨蟒一般的铲车上。
隧道在，
隧道拱顶上的蝉转动着眼睛。
立在铲车上的我，我的眼睛也在眨动。
化石蝉，
我，
凝眸，
距离，
姿势，
从没改变，
咫尺天涯。

眼睛里的孤岛

1

我从那座孤岛的上空走过，

我看到了一双眼睛。

我知道你在那座孤岛上等我，

你不必等，

也许，我不只是在寻你，

我寻的只是孤岛，

只是寂寞。

我知道你为何走上那座孤岛，

不，我不知道你为何将那封信藏在书里。

也许，你并不知道你已是一座孤岛。

因为你无法明白，

无法明白那个人正在向孤岛上瞭望。

没想到，

竟然美到孤绝。

没想到，

有太多的想不到。

没想到，
我从那座孤岛上走过，
我看到了一双眼睛。
你在岛上，
其实，
你不必等我。
也许，
也许，
也许我寻找的只是寂寞。

2
到岛上去，我没有坐游轮。
对，我不是坐游轮过去的，
没看到瞬间的闪烁，
只有凤凰花在眨眼。

没想到，
我竟然漂在一片湖上，
沉不下去。
我知道你在水底下，
其实，
我只是想握一握你的手。
当然，
我不敢问你，

悔不悔。

一只黑天鹅，
好多只黑天鹅，
岸上有窝，
但我不相信眼前，
有这么多黑天鹅。

虽然，
你游了过来，
啄我的手，
我手上有孩童手上的黑面包。
虽然，
我感受到了不真实的一丝接触，
那是疼痛，
不，
那是雕像，
是孤绝的美。
我只能用手摸一摸，
轻轻地摸一摸，
那尊雕像。
是什么？
凉，
莫名的，

一滴凉意。

3

也许，

你错了，

或者都误会了。

岛上，

只有闪烁，

闪烁只有一瞬，

孤绝，

一瞬的闪烁。

你把孤绝的美，

写在了他的背上。

细读，

细辨，

直到有个地方流血，

才看清，

"永恒"。

你用两个字，

雕出了那尊石像，

你让他成了一尊雕像。

好像，

硬是逼着什么人，

创造了词汇，

美到孤绝。

4

你在岛上，

你一直在岛上，

我是知道的。

你一直想看到你想看到的，

我断定，

你一直没有看到，

这样，

你就不用再错了，

也不用误会了。

有时，

你会对白沙滩发呆，

也学着小女孩的样子去捡贝壳，

贝壳大小不一，

有的贝壳竟小到分不清花纹的模样。

其实，

你捡到的，

只是一枚寂寞。

大海都没能改变你的视线，

你不停地在捡。

我也想帮你去捡，

可是，

只能，

你捡你的，

我捡我的。

5

我没想到我会来，

我更没想过靠近这座孤岛。

到底，

我还是来了。

我没有上岛，

我是下了决心的。

一切都无意，

一切都是有心。

我从那座孤岛的上空走过，

我看到了一双眼睛。

我也看到了，

一瞬的闪烁。

也许，

你也看到了，

那闪烁的一瞬

其实，

只有那一瞬的闪烁。
还在希冀什么呢？
那应该是误会，
那应该是误读，
你不应该把他塑成雕像，
为了永恒。

虽然，
我来了，
我也看见了，
但是，
我没走上去。
那座岛太孤绝，
只能把它永远地安放在，
安放在另外一个地方。
或许，
只有那样，
才能看见一瞬的闪烁。

那个晚上，
你坐在了爱尚花园的第三层，
你看到了，
不，
你感觉到了，

闪烁的一瞬。

这已经很够了。

6

女娲造人？
造岛？
造万物？

我不知道。
与诗相遇了？
我没有到那个层次。

岛，
那座岛，
生活在海的气息里。
大海无边无际，
在空中，繁星井然有序。

不必躲，
我不必躲，
不必躲过这瞬间的冲击，
此刻，

星光灿烂。

隔着距离，
用距离表达距离，
这便妥当，
这便是完美。
谁在限制吗？
没人能做得到，
不必苛责，
不必！
应该说，
有能力，
也有不可能，
这便是妥当？
这便是完美？

你一直追求的就是这个！

这是一座孤岛！
上苍的苦心孤诣！

苦心没有白费。

7

小的时候，

从前，

从前的从前，

我不知道世界上会有一座这样的岛屿。

今天，

我走上了这样的一座孤岛，

我没打碎什么宝塔，

但是，我的眼前不再有任何，

一座塔顶。

我的周围只是一片汪洋，

恣意汪洋，

一夜之间，

孤岛的周围，

一片恣意汪洋，

人啊，无法入睡却也无法从夜的焦虑中醒来。

8

梦得太久……

梦的周围，

一片恣意汪洋。

大海，

是你的泪水汇成的?

那你太美了，

美到诗的层次，

美到孤绝，

一座孤绝的岛。

太美，太孤绝，

让你无法入睡，

也无法从夜里醒来。

9

做，

一直在做。

为什么不能不做?

我走向一座孤岛，

孤岛上有你要的一切，

可是却无法捡拾。

你的眼睛无法再看到什么?

那就听，

几乎听不到大海的涛声。

你睁大了眼睛，

你又睡着了，

可却陡然坐起，
披衣走下去，
你在纸上涂抹着，
一些符号。
这些符号，
也许代表了些什么语言，
这么说你也该认识它？

别哭！
没必要。
因为没人擦拭，
不如倒流回去，
可是，哭声四起，
身前身后一片恸哭之声。
没有人抬动那副棺木，
棺木的影子在那，
大海涨潮了。

孤绝之处，
有梦。
梦里有影子，
影子因为神秘而温柔，
叠加了再叠加，
影子变成了三重。

安静，

安静下来，

你听到了自己的哭声，

这哭声，

很美，

是唯一的一种美。

没人劝阻，

没人在意，

眼泪涌起洪波，

美到孤绝。

10

我是个小女孩，

刚刚五岁，

爷爷将我抱起。

坐在臂弯里，我看到了一双眼睛，

瞳孔里放射出光芒，

谁都能读明白，

喜爱。

现在的小女孩，

穿了鞋子，

四处寻找，

寻找那双眼睛。

不，

她不再需要那缕光，

甚至躲避着爷爷的喜爱。

她在等什么？

这世上还有什么？

她笑了笑，

有她藏在心里的，

喜爱。

没有了，

已经被人家要回去了，

心窍里也不再有藏匿的地方了。

偶尔，心里疼一下，

好疼哦，

她咬紧了再咬紧，

努力坚强，

不再堆叠，

还是，

还是走上了那座孤岛。

因为荒凉，

很美。

11

深知，

够不到那个层次，

也没遇到那个层次。

可是我喜欢，

不，

我的血肉毛孔里滴着一个字——

诗！

遇到了那个层次吗？

我不停地用碳墨涂画，

我伸出两臂向空中挥，

我小声地对另一个自己说，

会遇到。

也许，

也许是遇到了，

那座孤岛，

我的眼睛里有一座孤岛。

我鼓励自己，

哭吧，

大声些，

尽情些。
没声，
也没泪。

12
不用理解，
还是努力地理解，
深沉黑夜的神秘。
我的心，
深藏着黑暗的激情之力，
我嫉妒黑夜！

这个有闪烁的黑夜，
这个一瞬的闪烁，
我拥有了黑夜。
璀璨的那一边，
暗影里挥着盾牌的雕像，
同时将人心蛀空。
景致硬是人为地堆砌出来的，
如果有什么人能推倒什么景致，
也许就有了景致，
比如被大海簇拥着的，
这座孤岛。

用一双眼睛导航，

用导航仪，

用心，用什么？

什么也不必用，

总有什么东西为你导航。

神灵把你导到这座孤岛上，

好像很久很久以前，

你的眼睛里就有这座孤岛。

13

我知道，

外面的叶子黄了，

果子没了。

不再有什么神灵，

引导你的，

只有一座孤岛，

那才是你生动的家园。

悲痛难忍，直抵灵魂。

我知道，

这座岛上还有很多灵魂，

和他们，

碰不上，

张不开嘴，

黑夜更加神秘。

当然，

也不必嫉妒这黑夜，

当然，

也不必过分坚强。

有时，

追求那个层次，

也是遇不上的，

或许，

用不着。

非得遇上，

或许，

层次就已经在这里了。

14

焦虑前行，

虽然一直盼望，

并没遇到偶然，

画面在缝隙里，

激情与黑夜的缝隙里。

当你确定在轨迹上时，

无路也无限制。

无法透视肉身，

思想更无法透明。

无论多远的距离，

哪怕就是你自己，

也无法看清楚。

有时候，

你用善良包裹了一颗璀璨的明珠，

其实，那是被虫蛀空了的东西。

为什么还要前行，

你只能往前走，

却说不明白。

最平常的日月，

是最不好解的密码，

哪怕你不需要，

也没有着意命令，

但你已无法停下脚来。

其实，路本身没有错对，

只需要走，往前走，

还有多远，

很少有人真正这么想。

15

或许，

或许，

我从来没有，

别人也从来没有，

站在零度，思考自己。

今天走上这座孤岛，

也无法思考自己，

也许，为了拯救一下自己，

不让日子落入贫瘠，

我才满怀热情，

逼着自己多看几眼海，

怀着故作高深的情怀，

登上了这座孤岛。

其实，你只是来到了岛上，

孤岛，并没有因为什么人到来，

减少了什么，增多了什么。

当我独自走上爱尚花园，

看清了空中的几颗星的时候，

才觉出楼上的冷清。

海水顿匿，

人流不在，

花树人影消失，

岛也只剩下概念。

没办法，你不得不写几个字：

甜蜜的寂寞，

无须咀嚼。

16

孤岛，

剥去孤独，

美化了寂寞，

爱上了破旧零星。

是活的树，

也是树的化石，

古老的年头，

数不清的日月，

引来了不少的注视，

无论如何，

没人读懂它的寂寞，

更不用说苦痛。

掠入记忆中一瞬的时候，

重又铸就了一层深沉的寂寞。

你离开时，

人们离开时，

不会听到深夜里的哭声，

它在这里躺了成百上千年。

博来一刹那的注目，

拍照时发出的声音，

多么无情，

悄然离开的欢笑，

亵渎了千百年恒定的寂寥。

它，

不知还要躺上多少个成百上千年呢！

17

那个故事，

随着读书人的描述，

轻柔了，

淡薄了，

情人谷的名字也被爱作诗的人擦去了原本的浓
重之色。

登上这座岛，

虽听不到谷底的声音，

看不到千古凄迷之美，

但我知道，

有人在这里等，

你在这里等，

他在这里等。

其实，你不必等，

寻岛的人，

也许只是为了寂寞，

寻找的也许只有寂寞。

那位读书人，

给故事的本来化了妆，

不仔细，妆粉底色已掩住了风流，

也掩住了寂寞。

一次一次地寻岛，

一个一个寻岛的人，

在夜风中裹紧了衣服，

心里凉，

发根处冒汗，

眼球里淌血，

寂寞把岛涂满了红色。

18

坐上游轮的一瞬，

后悔了，

它使大海变得浅薄。

游人的呼叫欢腾，

夸张。

大海无法反抗，

浅薄夸张已成痼疾，

大海是在夜深时归于宁静的。

那片黑色的礁石，

其实，

是火山岛上的真实。

岸边有一个供人拍照的鸟巢，

排上去，

凑上去，

鸟巢虚化了时光，

虚化了一切，

人在海上，

人在礁石上，

人在无边无际的虚无中，

虚化，

虚无。

功夫并没有让寂寞有一点波动，

它如大海一样，

默默地运行，

无动于衷。

19

"去吗？"

"不去了。"

"怎么不去了？"

"我已经去了。"

去了和不去一样，

不去和去了一样。

不去比去，

也许会少些寂寞。

不去了，

真的不去了。

为了要去，

谋划很长时间，

动了太多的心思。

谋划的结果，

不去，

其实是去了一回了。

20

没有蛙鸣，

没有虫声，

没有脚步，

大海也敛气吞声。

被推到汪洋之中，

孤岛。

曾经，

我曾经想探究来龙去脉，

但无法探究，

不想再探究，
有没有意义，
不重要，
不想再探究，
这是真的。

21

绝无仅有，
对于我，
绝无仅有，
在我的心中，
已构成孤绝。
向往，
离弃，
固守，
已经不想选择，
也不想说清。

我在爱尚花园的三层。
望天，没有什么，
听海，
也没有什么。
这岛上都有谁？

没有一个人?

就我一个人?

不知道。

我在这座岛上吗?

你问我,

我去问谁?

22

有一片土地,

我去过,

很生动。

再去,

想再去,

去不了。

那片土地,

没了?

那片土地,

还在?

那片土地已经不是那片土地。

那片土地无法再去?

是那片土地,

小心地包裹,

一撮土,

没有碱的土，
也不是那片土地上的了。
那片土地，
凝固着，
在我的心里。
很生动，
那片土地，
一直很生动。
我要到那片土地上去，
应该归为虚无。

23

不是"黄昏疏雨染秋千"，
而是"黄昏疏雨湿秋千"。
敢给那么娇贵高雅的人改词，
无知。
一片海域，异客群人难数，
他们在捡拾什么，
千方百计地。
捡快乐，
记录幸福。
登塔饱览，
没有收下壮观零星，
也没有看见那座岛。

最应该看到的，
应该是那座岛，
每个人都应该看见的，
是那座岛。
那座岛在疏雨黄昏中俏笑，
灯光没有回应远眺者，
更没有收容城市上空的斑斓。
夜幕遮挡远眺者的视线，
登塔者开始移动脚步。
孤岛开始闪烁，
一瞬的闪烁，
我看见了，
我看见了那双眼睛。
其实，你不必等我，
我寻找的只是寂寞。

24

其实，
不必，
不必在心里营造一座岛屿。
幻灭，
让你无法登上一座岛屿。

25

孤岛上，

有个人狰狞地怪笑，

我没有丝毫的慌悚，

也不必慌悚。

早就见过面，

早晚都会认识你，

谁都得认识你。

没什么，

那是一座真正的孤岛，

不必在心中堆砌任何一座孤岛。

也许，

你不必，

不必用尽心机来描述，

孤岛早就在那儿等着了，

其实，

你不必等我，

也许，

我不是在寻你，

我寻到的只是寂寞。

26

无意中的一瞥，

还是着意地揣摩，

当我看见你的时候，

我才发现，

没什么。

有时候，

你会以奇崛的美，

让人梦萦夜绕。

有时候，

幻影中的你，

是在勾引，

虚幻者，

勾引，

天真的人，

勾引，

爱做梦的人。

今天，我看到了你，

触到了你的衣襟，

我命令自己，

抢一切时间，

认识，

把玩，

占有，

雕琢。

我想，

我是看见了，

那座岛屿。

其实，

不过如此，

我在爱尚花园的三层，

一瞬的闪烁，

闪烁的一瞬，

我努力地辨识，

我被黑影托起，

我坐在椅子上，

我悬浮着。

我没有听到涛声，

虽然我确信，

你的周围是一片，

恣意汪洋，

但我不确定，

此刻是不是已到了孤绝，

我确定，我看到一双眼睛。

其实，

你不必等我，

我等的只是寂寞。

 千年少女

1

我有好多的问题，好多的话，

总想找到一个人，

问一问，说一说。

有时仿佛来自童年，有时像思考所得，有时又
　像梦里来，因为像梦一样确切、温柔和残酷。

我飞起来，

去找一个人吗？

我一直找一个人，

可我不知道他住在哪里，他叫什么名字，

根本不知道他是谁。

只知道他是一个男人。

小时候，非常确定，

不用刻意地找，一定会遇合上，不用找。

可是，除了一个把我耳朵后边的脓包①撞出脓水
　的是个男性，再没对面逢着一个离我那么近
　　的男性。

我的周围无性别。

_____

① 打耳洞后发炎造成的。

生活在无性的世界里。

你们不信吗?

应该不信。

世界变了颜色吗?

无性的世界。

没想到,我飞了这么久,

快两个世纪!

不累吗?

与累没有关系。

从生命深处出来的原始冲动。

一定要找。

我的眼前,

是一座城堡,

绿色的。

看上去,

很激动,

有性别,

是男性,

正值壮年,

阳刚劲儿没过。

叩门,施礼。

我叫了他一声:

"舅爷!"

他叫廉书玉。

我问他，

当时为何不娶不纳我的奶奶。

他用手拎了一下茶色的棉袍，

他望着我的眼睛，

充满了柔情。

他略弯腰，点头，

他请我进了他的茶叶商城——绿色城堡。

桌上的茶叶有几十种，

"品鉴。"

我说不出，我不懂茶。

我觉得廉书玉，一杯好茶。

可是，他只是上好的茶。

"为何没娶我的奶奶？"

他微笑，颔首，

坐下来，

陪我一起喝茶。

好半天，

我不想，不敢抬起头，

我怕脸上有红晕。

害羞，

依然害羞，

我还是少女。

我抬起了头，

他的左胸前别了一朵绢花，

陈旧，

时尚。

没等我问，

他便说：

"你奶奶的手艺不错。

你爷爷烧周年纸节以后，

她回娘家来住，

送了我这朵绢花。"

"为何不纳入房中？"

"怕委屈了她。"

他低下头，抿茶。

对于我，

他没问来意。

别时，他说：

"欢迎你再来，

欢迎你常来，

你是千年少女，

梦，

不会醒。"

其实，

很好！

但愿，

长梦不醒。

醒时，

我手上是一杯浓浓的茶。

2

我没有知识，

我没有生命，

我的心脏在疼。

我总觉得有什么人能够找到，

他可以告诉我一些答案，

或者，

能让我的心有些安慰。

想到这，

我想放声大哭，

我知道，

这是幸福又一次临门。

3

一抬眼，

我看见一扇大门，

黑黑的一扇门，

上面钉了许多黄色的金属钉。

肯定不是金，

如果是铜，

就挺好了。

我伸出手去，

想摸一摸那钉子。

我确定，

我不想进那扇门。

真的，我骨子里有一个念头，

不想进那扇门里去。

因为我还没出生，

没正式出生，

就想进去，

太不可思议，

太可惜了。

我的脚尖被踩疼了，

手腕被抓疼了。

那个可爱的人，

讨厌，

我的高祖。

又是他？

他让我坐下，

他自己坐在黑大门的另一边。

看样子，他是想和我谈一谈。

现在，

不是从前，

我不像从前那么迷恋，

与他或别的什么人谈一谈。

我使劲地嗅着这里的气息，

这里，

流淌着梦幻、遗忘、宁静的气息。

我希望掌控自己，

更希望放手，

可是，

我无法褪去自我生活，

当然，

我不会有什么作品。

高祖，

也不再让我像从前那样迷恋、崇拜。

他宁静，他沉默许久。

为何站在花园中责备眼前的番红花并非棕榈

　　树？

我知道，

他和我迷恋同样的东西，

我没再接受拥抱的形式，

诉说我心中的苦忧。

我想说，

不，

我想安慰他，

别为我担忧，

我会好生地忍受生活。

他望了我，
深切地望了我一回，
离开我时，
好像身后留下一点音声：
"人应该为痛苦而骄傲。"
我终于明白了，
从前的从前，
我为何那样迷恋他，
应该说，
他是我的第一个恋人，
可惜，
那时的我，
还不是成形的胎儿。

4
我继续往前走，
没有能力继续飞。
如果眼前是一片荒原，
或许也好，
哪怕再碰见狼。
总比这，
在沙漠跋涉，
轻松些。

轻松吗?

不轻松,

听见狼的叫声,

已经吓得半死。

我有一个护身符,

总觉得狼不会吃我,

永远不会吃我。

也许,我的衣服上有些气息,

狼的气息。

后来,

逐渐长大的时节,

我喜欢狼,

我喜欢遇见狼。

在狼的怀抱里睡去,

意味着另一种安全。

可惜,我没有遇着狼,

遇着我需要的那种狼,

而不是荒原上那种充满血腥气的狼。

5

小的时候,

听人讲,

我们村里有狼。

只是传说，

没有见过。

但我用几十年的气力，

去描摹那两匹狼。

一匹是端了猎枪，

跃马横刀的土匪，

他是一匹很英俊的狼。

还有，

我的高祖，

连土匪从这个村落路过，

都要下马，

拎着枪，

刺刀向下，

怕他，

他是一匹狼，

荒原狼。

写《荒原狼》的人，

也让我想象过很久，

把我带进了荒原，

倒没看见狼，

只是目睹了懦弱和卑微。

我几度暗下决心，

从此以后，

不再去做这样的懦弱者，

于那些看上去高贵的卑微事，

希望的，

正是自己不具备的，

甚至永远也不具备的。

莫如举起照相机，

或者把沙漠拍给人看，

或者对着绚丽灿烂的红柳，

操起画笔，

给人一抹亮色。

把真实举到来不及目睹一抹真实的人看一看，

什么人会走进真相？

没有人会走进真相。

我怀疑，

此刻，

我在此刻。

瞧，

有一个英俊的少年，

走进了荒原，

走进了茫茫苍苍的一片荒原。

"回来，回来呀！"

喊他的，

只有一个人——他的母亲。

她知道那是一片荒原，

荒原里有狼。

我知道，荒原里有狼，

也有陷阱。

陷阱是人给狼预备的，

有时，

人也会误入。

其实，

那个英俊的少年，

是不应该扑进那片荒原的。

可是，

没有水草肥美的安全地带，

他不步入荒原，

如何？

有草没草的地方，

都是一片荒原，

狼在神出鬼没。

不知什么时候，

《两只羊》也变成了狼。

望着那个青年远去的背影，

我别无选择地祝福，

祝福他，

有幸成为一匹狼，

成为一匹凶猛英俊的狼。

6

在沙漠的顶尖处，

驼峰状的沙漠上。

口唇干燥，

心田荒芜。

死亡，

在不远处。

这一瞬以前，

我并没想到，

这里并不存在依米花。

当然，我从没想过，

我也可能有这一天，

走到尽头……

不远处，

一朵四色的依米花在闪烁，

我奔过去，

去闻，

不，

用手扒，

指心出血，

我想扒出根，

看看这只有两天生命的依米花。

根，

到底有多长，

让它支撑到灿烂的一天。

我睁开眼的时候，

我不在驼峰一般的沙漠，

而是在荒原的腹地。

一片血腥气，

是看到的，

还是闻到的？

闪着蓝眼睛的，

一只，

两只，

三只，

连草都变成了狼，

张牙舞爪，

向我扑来，

向着目标扑来。

这些畜生，

渴极了！

它们，

饿极了！

连我这样，

差不多皮包骨头的，

都成了它们的美餐。

"怎么到这里来的？"

"沙漠怎么变成了荒原？"

说不清，

道不明。

为了四色花，

为了百年红柳，

为了沙漠玫瑰。

其实，我从没想过迈出大门一步。

我甚至想有匹守门的狼，

英俊也勇猛的狼。

有人会让狼守门吗？

我是被拖进荒原的吗？

狼的舌头，

鲜红的。

无数条野狼的舌头，

向我伸过来。

吃就吃吧，

不必先与我亲吻，

没死之前，

心脏先跳出来吗？

"啊——"

"啊——"

"救命呀！"

7

从昏迷中醒过来，

我在怀抱里，

人的怀抱里，

男人的怀抱里。

又是他，

高祖——聂晋宇。

也许，他并不是高祖，

是什么人塞给我的符号，

血管里流着的，

都是聂氏的血。

他是我的高祖?

他是一匹狼，

一匹荒原狼，

不是假斯文，

不是懦弱，

是狼，

一匹英俊凶猛的荒原狼。

不是那些神出鬼没的，

防不胜防的，

像狐狸一样的狼。

我这个应该是十分怯弱的，应该是用细胞堆叠

着娴雅高贵的生物，
从没有过娴雅，
从没在高贵温柔乡献身过的雌性生物，
之所以固执地追逐着，
是因为，
心中有一匹狼，
一匹荒原狼，
一匹英俊凶猛又绅士的荒原狼。
所以，
任性，
所以，
固执，
所以，
梦在千年，
或者，
千年之外。

8

我把几句诗不诗文不文的字样，
用微信传递过去，
传给那样向荒原扑去的，
也可能成为一匹狼的人，
或者被荒原狼咬伤的人。

希望他裤兜里有几块肉，
或许想告诉他，
别再吝惜。
必要时，
把肉扔出去，
或许，
剩下个囫囵身，
在荒原停止跋涉。

9
我被风沙埋住了。
我没喝到水，
在濒死的边缘。
幻灭中，
一团干草样的东西，
将我罩住，
缠绕，
粘住我的头发。
狂风大作，
黄沙滚滚，
看不见滚滚的，
妖雾一样的东西。
我随着说不清的物质，

入世。

说不清，

越发说不清，

我总想说清的。

我被奶奶泡在水里，

有了绿意，

还不叫颜色。

后来，

我有了颜色。

奶奶把我变成了绿色的玫瑰。

我开始在奶奶早就为我准备好的床榻上熟睡。

我的眼睛略略睁开时，

看见的，

是奶奶发髻上的紫玛瑙，

嵌了紫玛瑙的簪。

她住的是座吊脚木楼，

像是在水面上漂浮，

在云雾中漂浮。

我想，

我刚想问她：

爷爷呢?

还没问出声，又是一阵昏厥。

就那样，

我在奶奶的吊脚木楼里，

一睡，

就是一百年。

10

我醒来时，

桃红褪去，

枫树酿出了小黄花，

桑树绽出了白色的花。

我不知梨树如何了，

我没看见。

我坐在梳妆台前，

看着奶奶的婢女为我盘头发，

奶奶的玛瑙簪别在我的发髻上。

抬腕时，

见那串有水有云，

有流动的暗紫，灰紫，

很难说准颜色的玉镯，

戴在我的左腕上。

这玉镯，

是缅甸玉，

我认识，

在云南的一家玉器行里，

我想买的那一副。

我哭了，

镜子里漾出奶奶的笑。

她在我左后面的榻上歪着。

她很少那样笑，

好像还轻声嘟囔了什么：

"舍得做别的，

舍得给人，

怎么就不舍得买镯。"

二十七万，

当年的价。

有时，

有的东西，

无价。

错过了，

就没价了。

你不该……

11

奶奶的阁楼是个好地方，

多半时间，

用来做梦。

奶奶做奶奶的梦，

我做我的梦。

好像听到楼下的声音，

爷爷来了。

他不知道我，

我强调说：

"奶奶，不要说我。"

爷爷说："家族举行宴会，

大型宴会，去不去？"

"不去了！"

奶奶总是拒绝各种宴会，

也不过分理会爷爷的殷勤。

独享青灯七十年，

习惯了。

或者，

她不想继续把自己列在，

第三房妾的位置上。

奶奶，

一直不入内，

不与爷爷住在一个院子里，

独住在，

独住在，爷爷为她修的，

吊脚木楼里。

12

我不知道，

奶奶的生活，

有什么意义。

更不知道我和奶奶的生活是否相似，

但有一点，

十分断定，

追求，

别人看不见的那部分，

也完全不同。

奶奶的，

我的，

都没有普世价值。

我和奶奶，

不用故意避开，

都避开了梦境的轻浮。

是不是，

在更高层面迎接梦境，

这可能是区别。

相比奶奶，

我是努力积蓄力量，

在更高层面接近梦境。

躲在奶奶木楼的最高一层的阁楼上，

我似睡非睡，

一直想遇合上最高一层的梦境。

其实，

爷爷知道我在这儿，

其实，

我了解爷爷，

他是风流倜傥的爷们儿，

他有上好的白马，

我没有不喜欢，

但我没有现在相见的热情。

本来，

我就不喜欢请安的那一系列仪式，

如果请安，

还有那两房奶奶。

况且，其中一房，

是嫡系亲奶奶。

但是，

我不希望搅扰好梦。

我十分感谢，

我这位在吊脚木楼里的奶奶。

对于我，

她不问津，

似乎，

惯了，

她没有好奇心，

对任何有普世价值的人，

尤其没有好奇心。

对于我，

有没有？

我不知道，

她的使女照应我，

吃就吃，

不吃就不吃。

相对地，

自由到了一定程度。

目前，

这属于我，

和奶奶，

属于我和奶奶的，

不，

属于少女的，

吊脚木楼。

13

朦胧中，

奶奶好像掀开了门帘，

我没有翻身，

感觉她像是停留了一会儿，

叹了一口气，

悄悄地离开了。

我脑子里出现的字码，

已成为过去。

什么意思？

爱情已成为过去？

艺术已成为过去？

我在臆想，

臆造！

奶奶，

不在乎任何说法，

不知道任何说法。

好像没有，

也讨厌，

伪装、作假、欺骗之力。

也许，

这不是她的定义。

月光好像照了进来，

吊脚木楼里静，

静得很。

我拎着枕头，

下楼，

坐在奶奶床上。

她把一个靠垫挪过来，

我倚了，

把腿伸直，

几乎和她并排倚坐。

"七十多年，太可怕的时间了！"

奶奶的手往后伸了一下，

她重新把银簪别到发髻上，

像任何一个少女一样，

在乎容妆。

她没有说一个字，

我在心里好像问了一句：

"你这样，给谁看？

七十多年，独守孤灯，为什么？"

这个问题，

以前问过？

问过。

这一次，

正式发问，

而且一定要问。

奶奶说：

"没有为什么，

哪有那么多为什么？"

在我的印象中，

她迷失了自己。

所以才找不到新的起点。

"或许，"

我沉吟起来，

"或许根本没有起点，

奶奶她根本无法开始启程。"

无法逃脱，

全无出路，

所以，

奶奶的七十年，

变得无限。

她的没有出路，

变得无限，

广阔的无限，

是牢笼？

月光越来越好，

我想说句爷爷，

也想提两句廉舅爷。

算了吧，

你的可笑，

就是一直想走向本质，

走向自己，

那就是消失。

你总觉得自己，

有重要的事，

其实，

不必受使命的驱使，

坐在奶奶身边，

也许又是为了一种希望。

我知道，

你和奶奶一样，

在希望，

走向未知。

14

我有意借用，

但，

我并没有想让一种，

最诡谲的东西，

诱骗我，

泄露自己的心机。

我成了一个流浪人，

困在了更深，

更深的错误中。

无论愿不愿意，

是的，

权且这样说，

无论愿不愿意，

因为相信有真相，

才栖居于想象的空间。

我在吊脚木楼的周围踅步，

手里有把弯刀，

或许是一种铲子。

我想挖半篮野菜，

无法叫出名字的野菜，

没吃过的，

但我确定那是一种极为好吃的东西。

我拎着篮子往回走的时候，

猛然想起，

篮子还是空的，

并无半棵野菜。

对的，

奶奶的吊脚木楼上，

没有日夜不息的柴火，

上面的房顶上也没吊着，

烟熏火燎的腊肉，

没有吊在火上的炉子，

即使挖了野菜，

怎么安放，

怎么享用呢?

哦，

这可恶的，
坠落世界之外的人！
可是，
我没扔掉铲子和篮子，
仍在虚无间，
飘荡。
生死都不是，
也永远说不出，
说不出停下的话。

15

确定地说，
我看见了他，
爷爷。
看上去，
倜傥风流。
怎么形容，
怎么形容，
都是不曾想，
不曾听，
不曾见的内容。
奶奶，
一直在为这，

牺牲自己。

爷爷，

是奶奶的作品。

爷爷朝奶奶的吊脚木楼走去，

他身后跟了一个人，

我认识，

对，

应该认识。

画家于淼[①]，

高祖的一位朋友，

一个懦弱的男生，

但，是始终有情义的画家。

应该尾随过去，

可是，

走了几步，

我便折身，

重去寻要挖的野菜。

可是，

我迷失了自己，

无法找到，

更无法回到原点。

我望了望，

臂肘的篮子，

---

① 《红记》作品中的人。

我把铲子，
放进篮子里。

16

朝那个物件，
瞟了一眼，
强行抑制自己，
别动，
也别去看，
其实，
并没有什么，
什么也没有。
莫如，
坐在那儿，
一动别动，
把眼睛也眯上。
我微眯起眼睛。

17

我走进了林子，
挖野菜，
叫猫爪菜，

也叫草鞋底。

春天到时，

林子里，

遍地都是，

黏糕掉下去，

也粘不到土。

脚踩上去，

有弹性。

我挖着菜，

为了情怀，

没有夸张。

小时候，

母亲用这，

把我们养大。

今天，

我也挖些回去，

问问奶奶，

能否弄到几块猪排骨，

加点面粉，

把渍好的猪排骨，

掺和在一起，

蒸熟了。

穷女富嫁，

别致，好吃。

请谁呢?

请爷爷来吃一顿。
带上他那两房妻，
其中有一房，
是我嫡系祖母。

挖菜刀，
碰着一双鞋，
穿在一双脚上的鞋，
运动鞋，
有残痕的布鞋。
他在这儿，
对，他来这边有些年了。
他是我嫡系祖母的娘家侄子。
我叫他表叔，
他是亲表叔，
会唱戏，
扮相不错。
他没有踩住挖菜刀，
也没有继续往前走的趋势，
当然，
也没有低下头找话题。
其实，
我们有话题，
他也是个理想主义者，
年近四十才娶妻。

妻是他的观众，
当时，
是喜欢上他了，
后来，
却诅咒他，
感觉跟了他，
吃的，住的，
都寒酸。
唱戏，
当不了吃饭。
不知为什么，
尽管失望，
尽管烂了肝肠，
却没离弃。
好像是病得很惨，
很早就死了。
"表婶她还好吗？"
我这样问了吗？
我忘记了。
只见表叔抬了右脚，
往前挪步了。
他脚下的猫爪菜泛白，
那是因为菜的背面翻了过来，
他的脚很有艺术魅力。

我盯着翻过来的，

泛白的猫爪菜，

挖了。

如果，见了那位嫡系祖母，

我可能会说：

"您侄子，

我表叔，

比从前踏实多了。"

看样子，

还是一副无欲无求的样子，

意义早已殆尽，

也不再空谈艺术的知名度了。

18

往回走，

不知往哪儿走，

我总是听到羊的咩咩声，

对牧归的图景，

也有些感受。

突然间，

泪眼婆娑……

有只黑羊羔，

或者叫黑山羊吧，

黑羊羔已经长大了，

长成了黑山羊。

我总以为，

由黑羊羔长成黑山羊，

它一定会变得懂事些，乖些，

变得顺心顺意些。

它跑上炕，

往人缝里钻，

往桌前靠。

要吃人的饭，

还有，

它总是那样，

瞪着眼，

昂着头，

把桌上的饭，

看成羊的吃食。

还有一些不与寻常羊相同的东西，

让人看了不顺眼，

心里也难过。

长大就好了，

长大就好了……

几多回，

我都想搬出这个有它存在的院落，

我不想看见它，

以至，

后来，

我将它卖给邻人，

牧归的情景，

让我惊呆了。

它从别的羊群蹿到另一个羊群，

跪在大黑羊——

母亲羊的颈与乳房之间，

那大黑羊的双乳已干瘪，

它依然在叫，不是"咩咩"，

而是"妈，妈"地叫着。

它自然而然地，

像什么也没发生一样，

重回这个院落。

"黑山羊，黑山羊——"

我去摸它的头，

摸它的毛，

但它重又跳上炕，

凑在饭桌前，

和我共进晚餐。

刚才，

我瞧见了，

那个羊倌的眼泪。

此时，

我早已泪眼婆娑，

我的，

黑山羊。

19

骆驼，

可能是我假想出来的。

沙漠，

确实清晰，

就在眼前。

虽然，

我听见了驼铃声，

可是我没有骑在驼峰上。

依然跋涉。

那洼水，

还有四色花，

甚至，

红柳，

都是可能触摸的符号。

我想，

爬也爬到那堆红柳前，

扒一扒它那往外翻的根，

我也有那样的根吗？

我喜欢那种根，

虽然那根丑陋，

但是，

那柳的红色，

好看而不艳。

我要爬到红柳前，

和它照个相。

这么想着的时候，

好忧伤，

不值得这样，

眼泪在心里流着，

我想哭，

大声地哭，

不需要任何人安慰。

我应该是哭了，

号哭，

干号……

狂风大作，

一大蓬，

大蓬大蓬的，

类如松树枝一样的东西。

我被包裹其中，

旋上了天，

又摔下来。

黄沙滚滚，

堆成了新的沙丘，

我和那枝杈一起，

扭缠着。

埋在沙丘底下，

那蓬松树枝一样的东西被埋得风雨不透，

我死了。

无声无息，

不，

不是无声，

这里埋着，

永恒的误会。

我和枝杈，

在沙丘里，

应该是无声的语言，

我们在发出邀请，

邀人聆听。

也许，

这是适合的空间。

20

其实，

好像不光我一个人在编造，

在捏造。

向往，

差不多一出生就有的，

向往，

幻想，

牵扯着一个生命，

去构成另一个生命，

因而造成混乱。

以至于，

听他讲，

一个人大模大样地，

到他家菜园里拔菜。

"那是谁呀，

干吗呢？"

"我，是我，喊什么喊！"

贼不觉得是贼，

主也不觉得贼是贼。

不种菜的人，

拔了种菜人家的菜，

像什么事没发生一样，

反倒多了情义。

其实，

向往的生活，

就是这。

可是，

我，

还有你，

都在努力地抛弃。

为了这一层抛弃，我们受尽了辛苦，

甚至，

我们也做了贼。

寻着痕迹找旧路，

想找到一个向往已久的世界，

一个最广阔最恐怖也是最美丽的世界。

原来，

世界不断地向没有世界的空间沉陷。

我被埋在这片沙丘底下，

我想发声，

我被自己诱惑，

一本书，

对，

就是这一本书，

原来，

我被诱惑，

到这没有世界的空间。

21

埋在沙丘深处，

也许不是一件坏事。

确实，

我企盼过雨水，

企盼过湿度，

也幻想有颜色，

变成绿色的玫瑰。

其实，

我早已不再盼望。

可是今天一早醒来，

我迫切地想到他，

我的高祖。

其实，

在这想象的距离中，

缺席得以实现。

我屏住呼吸，

相遇的语言，

却无法流淌而出。

虽然，

我早已转变了叙述的方式，

但是相遇的真相已经完成。

我重又眯上双眼，

趴卧在沙丘里，

却铺开，

铺开了一场回归。

22

我不知道

什么是末日，

也无意去描摹末日。

但似乎，

已经到了末日，

或者说，

早就在末日之中。

可是，

我用巨大的想象，

颠覆了时间，

唱着在路上的歌。

好像，

一切还没有开始。

我手中的那朵玫瑰花，

干枯零落，

向我道出了谜一样的歌。

总想开始，

从头再来，

从头再来……

也许，

相遇的真相，

无法完成。

我唱的，

是一直，

一直在路上的歌。

23

随着那如松树枝一样的东西，

我从沙漠中浮出来，

感觉是浮出来。

天地间，

却一片漆黑，

习惯地伸出双臂，

伸出十指。

并没有弄清楚，

好像连一颗星都没有。

我听到了狼的叫声，

细辨，

好像无法细辨，

心里充满了恐惧。

确实是狼的叫声，

内心被掏空，

五脏六腑全部被掏空。

我希望想起点什么，

潜伏着躲藏的念头。

动不了，

大脑动不了，

手脚动不了，

僵尸一般，

我是沙漠上的，

一具僵尸。

狼在叫，

一匹狼，

好几匹狼。

应该是真实的，

一切都具有毁灭性，

一切都没有成为过去，

一切都无法落入遗忘。

那幢吊脚木楼，

如海市蜃楼一般，

闪现……

呼救的声音喊不出，

想哭，

大哭，

哭得响彻云霄才好。

可是，

不但没有泪，

也没有声，

怕招来狼吗？

狼已在身边。

24

恐惧撕裂，

撕裂了时间的纬线。

不觉得漆黑的存在，

不再听见狼的嚎叫，

我在时间之外，

我到了另一个世界。

我见到了许多人，

爹，

爷爷，

还有高祖。

他们有很多人，

围着我，

在我身边忙着救治，

忙着疗伤，

我被狼抓伤了。

其实，

不必救治，

伤是疗不好的。

我承认，

我被伤了，

伤得很重。

我的伤在一个空间里，

我一直竭尽全力，

不让自己受伤。

应该说，

我已经不怕狼了，

只要你不怕它将你吞食，

你就不会怕。

爹的表情是愤怒，

但他无法杀掉所有的狼。

爷爷的表情是疑惑：她为何要在暗夜里？

为何会卧在狼的腹地？

高祖的神情里是不尽的柔和，

我能听见他说：

"蜕变之后，

你会成为一个少女。"

蜕变，

无法避免。

高祖将我抱起来，

一滴，

就一滴泪水，

掉在我的鼻尖上，

冰凉，

冰凉。

25

为什么只有狼，

没有猎手。

黄昏的猎人，

你在哪里？

我的心，

在寻找，

一直在寻找，

寻找着毒色的眼睛。

我听到的，

只有车轱辘碾过黄昏的声音，

　"一乘古旧的黑色马车，空无乘人，

纡徐地从我身侧走过。"

26

只有遇见更凶狠的狼，

才会减少被狼群围困的恐惧。

其实，

我想成为荒原中，

最剽悍最凶狠的一匹狼。

高祖，

以前，
我是巴望过的，
巴望幻术，
也不知从何时，
我拒绝任何幻术。
我等不了一千年，
我要成为一匹狼，
不与任何野兽开战，
但，
我不怕，
永远不怕任何狼。
高祖，
你不要怪我，
怪我成了一个，
逾越时间秩序的人。
高祖，
你是我的榜样，
我没有跟随上你，
不，
没有碰到你这样的人，
干吗还选择做少女。
可是，
不醒的梦，
把我害苦了，

高祖，

感谢你，

这幽灵一般的，

游移！

27

我从黑暗中醒来，

周围依然是一片黑暗。

朦胧中，

觉得有一个男人，

坐在不远处。

习惯了黑暗，

时间再长一些，

黑暗中也能辨认。

辨认，

心会辨认轮廓。

看不清头发，

头发肯定是黑色的。

应该是长形脸，

脸上的肉不算多。

颧骨到嘴边，

肌肉没有一丝的鼓凸，

瘦削，

也可以这么定义。

有时候，

人在看不见的情况下，

也可以定义，

说不定，

还能定义得更准。

他的笑，

笑意，

擦在唇边。

谦卑是高傲的，

他的柔弱感里，

或许藏着一种，

难以琢磨的高傲。

告诉我，

如果他向我这边靠近一点，

那是好的。

但我没向他靠近一点，

一丝一毫，

不，

绝不。

无论我多么盼望，

盼望亲近，

但我绝不会把我的心念，

变成我的行为。

为什么，

我一直说不清。

我从不允许，

不允许我把自己的这种心念，

表露出来。

直到永远吗?

也可能是廉舅爷那样的人，

奶奶的表哥，

一个儒风高雅的茶商。

忽然间，

听到一个声音，

给我讲这些道理。

他好像离我近了些，

但空间上的距离，

和我心中的距离，

完全不相等。

在迷醉的闪光中，

我丢了意识。

确定地说，

他没看我，

他的头从没向这边，

扭侧倾斜。

他如果有姿势，

有方向，

应该是凝望夜空。

夜空，

没有星星，

我没有营造幻听。

这茫茫暗夜，

如果有声音，

那应该是狼嚎，

怎么会有人的声音。

从混沌出发，

绝望地要领会世界……

我听不懂，

没有任何必要，

要听懂这些含义。

我是少女，

在少女的世界里，

没有哲学。

虚幻的自我，

不能协调一致。

他是谁派来的？

只有黑暗。

他好像很悲痛，

悲痛得很虚假。

如果，

把这看不清，

说不清的存在，

下个定义的话，

只能说是一幅，

存在的画面。

虚假的，

虚妄的，

没有什么理想，

也没有什么真诚，

只能是竭尽全力地展示，

展示自己想从别人身上，

看到的，

却永远看不到的，

那一点点美好，

那一点点壮观。

我怀疑，

我是否坐在绿洲的边缘。

我不相信，

书中出现的，

关于绅士的字样。

我在一个，

断壁残垣间奔跑。

其实，

人们早已把我看成，

看成一个死刑犯。

我在求生，

不是在求美。
是在求生，
只能求生，
无法求美。

28

一个死刑犯，
其实，
已经死了，
死了上百年，
几百年。
没有为死去的人，
不，
没人为死去的草民，
做生死录。
我的脚尖有些湿润，
但我不敢相信脚下有绿洲。
绿洲是沙漠中的跋涉者，
盼望，想象出来的。
我想从天幕中抠出一颗星，
我看见了我奶奶。
当初，
她为何不嫁给那位舅爷，

那位儒雅的茶商？

也许，

做妾，

做个偏房，

受到委屈，

不快，

惆怅，

会远远胜过孤独。

谁能说得清。

她那么年轻，

二十几岁，

如花似玉，

独守青灯，

锦衾半夜凉初透。

那味道，

谁替她品尝。

也许各有各的道理，

难怪，

奶奶身上，

有一股香味，

难怪，

她一个人住在吊脚木楼里，

不与他人同住。

她呀，

我奶奶，

是一位娇美的少女，

她要的，

永远是闺阁，

少女的闺阁。

她很特别，

我真担心，

爷爷会欺负她。

阳世，

阴间，

读不懂的东西，

太多。

没办法，

真的没办法，

为什么不停下，

你的胡思乱想。

29

啼哭声异常响亮，

三百年之后，

我出生了。

婴儿床，

是向外鼓凸的疤瘌，

根扎下去又朝上来，

比猛兽还凶狠的力量。

征服，

征服的心念，

昭示着生命的原点。

还好，

柳穗是红的，

粉红，

紫红，

艳丽的色彩。

掩住了沙漠的荒凉。

我，

诞生在红柳堆里。

自生的，

没有老娘婆。

那天，

也是三月十七，

农历。

我听到了一个声音：

"千年的王八……"

什么人，

在骂我！

顺着一线缝隙，

寻找，

我觉得应该，
应该有不可见的东西，
在里面绽放。
可是，
我没办法，
我什么也没看见，
看不见，
是真的世界，
看不见！
看不见世界的丰满。

30

我第一眼看见的，
是一只小虫子。
确定，
一只，
只有一只，
不是清晨列队等水的，
那一只。
我敢打包票，
绝不是蜥蜴，
只是一只小虫子。
太阳炙烤，

炙烤着沙漠里的，

每一粒沙子，

也炙烤着这只小虫子。

我昏过去的时候，

小虫子没有停止呼吸。

一丝阴影闪过，

阴影半明半暗，

明暗晃动，

文字从太阳穴里冒出来，

变成一粒阳光。

没想到，

想达到极限地呈现的愿望，

出生时就带着。

自带使命？

想无边无际地辐射？

我不能回答。

但有一点，

我清楚，

到了今天，

我不得不供认，

我一直想耀眼地存在。

阳光想杀死我，

冰雹想砸瞎我的眼睛。

其实，

夭折，

也许比长寿少悲惨。

大漠中的任何一粒沙子，

都耀眼地存在。

31

大漠有绿洲，

我却被泡在发红的水里。

我是喝着红色的水长大的。

里面有被微生物缠绊着的根，

嚼在嘴里，

不是为了充饥。

为了什么？

捕捉事物。

"远"和"空"

才是正确之道。

我不知道，

还有多远的路。

水草的影子，

并没有消失，

我被阳光浸透时，

好像触到了实体。

欺骗和面包，

一直让我无法指证，

无法质疑。

足够的诗歌的语言，

却无法翻译空间里的，

任何一种语言。

水草在晃动，

鱼的影子好像从纤弱的草根下，

游移，

纤弱的承载着结实的。

大脑深处翻卷着，

黑色的海水，

比云南洱海的水，

还黑。

我知道，

我只能在这里，

吃这些微生物，

一点一点地长大。

我看不见我的花房，

无法知道，

十三岁的时候，

能否有一间属于我的花房。

32

早一点儿，

再早一点儿，

当然，

要恰如其分，

坐在泸沽湖的边上，

静静地，

不是等，

不是看，

水中的鸟，

在游动。

光，

虚空，

实有……

确实是光，

从太阳升起的地方，

展示出来。

这次出生后的周岁生日，

我坐在了泸沽湖边上。

明显地，

我感觉到，

我的身后，

斜向西的地方，

是木制小楼，

也许，

是给我准备的，

一处花房。

天，

很快就暗下来，

泸沽湖的上空，

是青黑色，

那里应该遍布星辰，

天依然在静止。

33

听说，

泸沽湖这地方，

有一位九十多岁的新郎，

他有九十多个阿夏。

如果，

我有了花房，

他还会有，

满腔的雄心吗？

倘若，我再来泸沽湖，

我要让他为我，

筑一间花房。

34

哭声，

我听见一种哭声，

让泸沽湖的水变黑了。

清明澄澈的湖水，

不是葬身的地方。

我无法确定，

我是如何投湖而去的。

来送葬的，

没有那位九十多岁的新郎。

选择这个有光展示的地方，

做我一百岁的终场。

又一个一百年，

就这样过去了。

我变成了，

泸沽湖脚下，

不，

泸沽湖小岛边上的，

一株荷花，

等待那九十多岁的新郎，

来娶我。

不，盼望着，
成为他的阿夏。
我希望，
满腔的雄心，
不要涂黑他，
优雅的容颜。

35

一个通体黑色的人，
像是带着黑色的面罩，
将我掳走。
没有恐惧，
像是有些温馨的粗鲁。
我被摔在一张床上，
吊脚木楼，
不是我奶奶的吊脚木楼，
是靠近泸沽湖的吊脚木楼。
那个黑色大汉摘下面罩的时候，
我成了他的阿夏。
他说我是他的第一个阿夏，
这应该有些许的自豪。
没有，
突然间，

黑色的旋涡涌起，

泸沽湖的水变成了，

黑色的。

那个摘下面罩的家伙，

成了一个黑水怪。

牙掉了一颗，

他是个疯子。

可是，

一切，

又都井然有序。

黑水怪的脑袋，

不断膨胀，

他的身前身后，

都是黑色的水，

无边无际。

我似乎觉出了自己的牺牲，

但又在他额前的无垠里，

感觉到无限的自由。

36

这座小岛，

在泸沽湖的中心，

我在这座小岛上，

应该是爬上来的。
从花房到这座小岛，
是一段长长的空白。
坐在岛上，
身前身后，
有野花，
多半是紫的。
碎花瓣，
碎花叶，
细巧精致，
细巧精致到没有的程度，
应该感到恐怖，
亏得有这些小紫花。
他是缺了半张脸的人，
那个通体黑色的人，
摘下面罩的一瞬，
刺破了乌云，
让我看见了那片，
从骨髓深处生出来的，
可怕。
我是他的第十个阿夏。
在朝阳露出金光的时候，
我坐在了这里，
一座精致的小岛上，

一座被精巧的小紫花，

环绕的小岛上。

我确信，

那个吊脚木楼，

曾是我的花房。

37

当阳光以淡紫的折射，

以不刺眼的金光，

不，

以从未有过的菊花状，

不，

以一个胎盘模样的姿态，

在整个东天边，

在无垠又有限的空间中，

成形的时候，

一声啼哭，

在水中，

在泸沽湖深处唱响。

我飞进泸沽湖深处，

我在泸沽湖的深处。

这个母亲，

羊水很多。

在湖水中爬动，

虽然出生，

但不愿上岸。

在有温度的羊水里，

在无智无欲的感觉里，

在没有生，

也没有死的感觉里。

那感觉，

很好，

很好。

那感觉，

到底能存在多久，

不用去想，

去想，

羊水就破了。

在小岛的周围，

与小岛有着，

绝对的距离。

确实，

有东西，

值得羡慕。

鸟的叫声，

不甚明晰的时候，

我失去了知觉。

我被母亲的羊水，
呛昏了过去。

38

"虽然出生，
但不愿上岸。"
我引用了自己。
是我挑选了这地方，
还是我该出生在这儿？
该与不该，
也就不说了。
哪个叫不应的神，
心一定，
无意间，
弹弹指尖上的水珠，
我就在这片湖水里，
发出了，
第一声啼哭。
这小岛，
成了我的家。
德行够了，
修行到了。
这个家，

没有一丝尘土。
我是该上岸的，
我的头还没有，
探出水面，
母亲的手就不见了。
熹微的目光下，
有凸出来却不突兀的，
两座小山头，
是乳房。
母亲的奶水，
从那里冒出来。
吃过母亲的乳汁，
这不用怀疑。
可是，
很快，
母亲的脸，
就变得粗糙，
变得模糊。
生殖，
有时不由人控制，
生殖，
让母亲在非抛弃中，
抛弃了幼子。
我被抛弃在，

这座岛上，

跟贝壳，

跟蚂蚁为伍。

好像，

生命就这样开始了。

无所谓生，

无所谓灭，

有阳光，

有月光。

山高时，

月光被遮住，

有云，

太阳也看不见。

如果你觉出了，

很深的情意，

其实，

也不完全属于你。

一时，

溪岸边的树，

空中的移动的星座，

给了你偶然间的恩惠，

你便如获至宝。

所谓文学诗句，

是真实的，

多半停留在虚幻中。

只要醒了人事，

应该就没有诗，

诗在诗存在的地方，

像星一样闪着灿烂的光。

你不必去寻它，

它常常隐匿，

常常玩高深，

躲藏。

其实，

它一直存在，

它有自己的花房。

这个道理，

有人教过我，

没教明白，

没听懂。

谁都不必推卸，

确实，

教不明白，

也很难听懂。

坚持无，

划分思想，

无。

也许，

不经意，

你就看到了，

日光。

39

你那么专注，

那么专注地，

巴望着的，

也许，

只是一片沙漠。

故意跟星光煎熬，

好像不煎熬点什么，

就没有办法打发时光似的。

我知道，

我是一种怀疑，

怀疑你手中捧着的，

不是荣誉。

需要荣誉吗?

40

那块白绸帕，

并没将脸上的沙尘，

擦去。

在你捧着红色的标签的时候，

有两道泪痕，

从带沙尘的脸上，

流下来。

终于，

你又记起了，

什么是忧伤，

多想真正地哭一回。

眼泪，

虽不能置换什么，

压在泥土底下的，

是拎不起来的，

孤独。

已经孤独了，

还嫌孤独得不够吗？

有一种歌声，

从心里唱出来，

那是带血的音符。

新的一百年开始的时候，

你又有了新的盼望。

还嫌做得不够吗？

那么多没有意义的，

或者说救不活死人灵魂的丹药，

应该抛弃，

彻底抛弃！

2022 年 2 月 20 于家中完稿